Kaspar Eduard Schech:

Der Polizist

Der Polizist

von

Kaspar Eduard Schech

Eine Geschichte aus dem 20. Jahrhundert

Kaspar Eduard Schech

Der Polizist

»Eine Geschichte aus dem 20. Jahrhundert«

© 2021 Kaspar Eduard Schech

Bibliografische Information der Deutschen
Nationalbibliothek: Die Deutsche Nationalbibliothek
verzeichnet diese Publikation in der Deutschen
Nationalbibliografie; detaillierte bibliografische Daten
sind im Internet über http://dnb/dnb/de abrufbar.

Lektorat: Emma Sommerfeld

Herstellung und Verlag:
BoD – Books on Demand, Norderstedt
ISBN: 9 783754 344705

Der Polizist

»Geschichte ist die Lüge,
auf die man sich geeinigt hat«
(Voltaire)

Der Inhalt

Vorwort...11

1933 – Umwälzungen..........................13

23. August 1933 – Josef........................15

Maria..17

6. Mai 1943 – Andreas.........................17

Die 1950er Jahre.................................19

Josef, der Maler..................................25

Anfang der 1960er Jahre......................32

Andreas..34

Marias Arbeit.....................................36

Maria und Josef zu Hause....................42

Josef und sein Vorgesetzter.................45

1962 – Schwabinger Nächte.................50

1964 – Zwei Jahre später.....................58

1967/68 – Berlin.................................61

»Die Dinge sind nicht immer so,
wie sie scheinen.«...............................70

1971 – Andreas in der Kleinstadt.........72

1972 – München..................................74

1973 – Jeanne-Aimée...........................78

1977 – Herbst.....................................89

Fast zur gleichen Zeit..........................91

Nach dem Ende...................................99

Vorwort

Es geht in diesem persönlichen Text um – fast immer sinnlose – Gewalt, von der ein Mensch oft unwillentlich erfasst wird, bei der er aber nie sicher sein kann, auf der richtigen Seite des Konfliktes zu stehen. Die Welt ist eben nicht schwarz oder weiß, gut oder böse.

Anlass waren meine Erinnerungen aus den frühen 1960er Jahren an einen Cousin meines Vaters, Josef, und dessen Frau Maria, die ich beide als Kind persönlich kennengelernt habe. Auf ihrer Lebensgeschichte basiert dieser Text, von mir in künstlerischer Freiheit um ein paar Einzelheiten erweitert und in Beziehung gebracht zum Zeitgeist, der wiederum zu bestimmten Handlungen geführt hat. Dabei spannt sich der Bogen dieser Erzählung vom Ende des Ersten Weltkrieges über die Zeit der »Schwabinger Krawalle« (1962) in München bis zu den 68er Studentendemonstrationen, die später als Ursprung des linken Terrorismus (»Baader-Meinhof-Gruppe«) in Deutschland interpretiert wurden.

Zur Erklärung historischer Zusammenhänge, auf die im Text Bezug genommen wird und die zum Verständnis von Bedeutung sein könnten, ist dem Text am Ende ein Glossar beigefügt und wird an den relevanten Stellen darauf verwiesen.

1933 – Umwälzungen

Das Jahr 1933, in dem Josef geboren wird, ist in Deutschland geprägt durch die Machergreifung der Nationalsozialisten. Sie führen ein Einparteiensystem ein und beginnen mit dem Terror gegen Juden, Minderheiten und Andersdenkende und der Errichtung von Straflagern; das erste dieser Lager wird in Dachau nahe München angelegt. Wirtschaftlich ist die Zeit überschattet von der seit 1929 andauernden Weltwirtschaftskrise.

In den USA werden Arbeitsbeschaffungsmaßnahmen aufgelegt; weite Gebiete des mittleren Westens sind durch falsche Bewirtschaftung zu unbestellbarer Steppenlandschaft verkommen (*dust bowl*) und arbeitslose Feldarbeiter ziehen durch das Land. In diesem Jahr endet in den Vereinigten Staaten auch die alkoholfreie Prohibitionszeit. In München kostet eine Maß Bier inzwischen 0,39 Mark.

Zur gleichen Zeit sterben in der Sowjetunion Millionen in einer Hungersnot (»Holodomor«), die aus der angeordneten Zwangskollektivierung landwirtschaftlicher Flächen resultiert. Stalin regiert mit größter Härte.

Andere Ursachen – gleiche Folgen: Hunger!

Was noch? Fortuna Düsseldorf wird Deutscher Fußballmeister.

23. August 1933 – Josef

Josefs Vater, der vor dem Kreißsaal warten musste, war von Glück erfüllt, denn Mutter und Sohn waren gesund und die Geburt war problemlos verlaufen:

»Es ist ein Junge! Endlich ein Junge!« Der Junge, der bald auf den Namen Josef getauft wurde, sollte eine sichere Zukunft haben, und noch sieht alles danach aus.

Der Vater betrieb in der Münchener Innenstadt eine Akzidenzdruckerei, die der Familie ein wirtschaftlich gesichertes Leben zu garantieren schien. Er druckte Plakate für Litfaßsäulen, politische und religiöse Pamphlete und schöngeistige Bücher. In erster Linie brachte der Farbdruck von Grafiken und kitschigen Postkartenmotiven mit bayrischen Königsschlössern und Alpenpanoramen einen lebhaften Umsatz. Er sorgte sich nicht um den Inhalt seiner Druckprodukte, Hauptsache, das Geschäft lief rund. Die Bestellungen von religiösen Texten aus der nahen jüdischen Gemeinde brachten einen weiteren zuverlässigen Einkommensstrom mit sich, der im November des Jahres 1938 jählings abriss.

Der junge Josef, ein stiller und introvertierter Knabe mit dem Körperbau eines Riesen, begeisterte sich früh für Grafik und Malerei. Erste Impulse für seine kindlichen Bilder fand er in den Postkartenmotiven im Laden seines Vaters. Es war Josefs

Lebenswunsch, Kunst zu studieren und Maler zu werden. Aber sein Vater drängte ihn, eine andere Berufsrichtung einzuschlagen. Er hatte selbst erlebt, dass Kunst von heute auf morgen aus politischen Gründen als entartet[1] verworfen wurde. Die Nazis urteilten jetzt, welche Werke erhaltenswert waren und welche nicht. Malerei, befand Josefs Vater, sei nicht beständig genug, um einen Mann oder gar eine ganze Familie zu ernähren. Er solle lieber in die Polizeischule eintreten, um sein Leben von Anfang an auf einem krisenfesten Beruf aufzubauen. Davon erwartete sein Vater sich den Beamtenstatus für seinen Sohn, ein sicheres Einkommen und den Respekt der Nachbarn.

Der Wunsch des Vaters war verständlich. Er hatte den Ersten Weltkrieg und danach die kurze, aber wirre Revolution der Räterepublik[2] in München überstanden. Dabei hatte er gelernt neutral zu bleiben, um durchzukommen und seine Haut zu retten. Er zeigte keine Sympathie für Liebknechts revolutionären Spartakus, was sich im Rückblick als der richtige Standpunkt erwies, da die Republik der Räte nicht einmal ein halbes Jahr währte. In gleicher Weise verbarg er seine klammheimliche Sympathie für die Hitzköpfe von farbentragenden Studenten und Etappenoffizieren der Freikorps und deren blutige Schlägertrupps, die so laut vorgaben, für ihr Vaterland zu kämpfen. Wieder einmal.

Maria

Marias Heimat war das südöstliche Oberbayern, wo die Landkreise Altötting und Mühldorf im *Bible belt* darangingen, sich vom Bauernland zu einer Industrieregion zu entwickeln. Maria, nur wenige Jahre jünger als Josef – das genaue Geburtsdatum ist mir nicht bekannt – verbrachte ihre Kindheit auf einem Bauernhof, auf dem die Versorgungsschwierigkeiten und Hungerzeiten der unmittelbaren Nachkriegszeit nur wenig zu spüren waren. Im Gegenteil, das Mädchen Maria beobachtete mit amüsiertem Staunen, wie die besseren Leute aus München seidene Schals, Taschenuhren oder einen Löffel aus dem Familiensilber gegen ein Säckchen Kartoffeln, Speck oder frische Hühnereier eintauschten.

Die Suche nach Arbeit und später die Heirat mit Josef, dem Polizisten, den sie durch Vermittlung von Freunden kennengelernt hatte, würde sie in die Hauptstadt des Freistaates führen. Aber bis dahin dauerte es noch.

6. Mai 1943 – Andreas

Die Nacht zum 6. Mai, einem Donnerstag, blieb niemandem in Erinnerung, es gab Wichtigeres im Krieg. Draußen nieselte Regen aus Frühlingswolken, Bomben waren vor Wochen jetzt auch noch auf Berlin gefallen. Die staatliche Propagandamaschine, die im Februar noch vom »totalen Krieg« getönt hatte, musste nun alle Fantasie aufwenden, um die Heeresberichte von der Ostfront schönzuschreiben, nachdem im Kessel von Stalingrad zehntausende Soldaten umgekommen oder in Gefangenschaft geraten waren.

In Thüringen, wo Anneliese Baader in Geburtswehen lag, herrschte derweil gespannte Ruhe. Die brennenden Städte und der Krieg waren weit weg. Das Kind zwängte sich in die Nacht, in die Welt der verdunkelten Fenster und Luftsirenen, wurde empfangen, gewickelt und auf seine Zukunft vorbereitet:

»Kleiner, du bist willkommen, aber du kommst zu einer unpassenden Zeit«, murmelte die Hebamme vor sich hin, während sie die Papiere ausfüllte:

2:50 Uhr, Lebendgeburt, männlich, Untergewicht, ansonsten gesund.

Es wurde nicht besser. Berndt Andreas, so wurde der Junge in das Geburtenregister eingetragen, sah seinen Vater nie. Man sagte ihm, sein Vater würde seit den Kriegszeiten von bösen Menschen irgendwo weit im Osten festgehalten, in Sibirien, wo es noch kälter ist als in Thüringen.

Zu Beginn seiner Schulzeit zog Andreas mit seiner Mutter, ihrer Schwester und der Großmutter nach München, wo das Leben ebenso mühselig war. Die Stadt lag in Trümmern, und die drei Frauen logierten zusammen mit dem kleinen Andreas in einer winzigen Wohnung, die im Winter kalt und im Sommer zu heiß war und in der sie sich die Badewanne mit zwei anderen Mietparteien teilten – wenn genug Wasser aus dem Hahn kam. Das Leben war für alle schwer. Überall wurden Familien, meist bestehend aus Frauen und Kindern, aus den zerbombten Städten im Ruhrgebiet von der Volkswohlfahrt in anderen Regionen einquartiert. Wohnraum war knapp, Privatleben in der eigenen Wohnung fand selten statt.

Andreas war der Schulrabauke[3], flog vom Gymnasium und hatte kein Interesse, einen Beruf zu erlernen. Sein Onkel Michael bemühte sich in der freien Zeit, die er als unterbeschäftigter Tänzer und Schauspieler hatte – Theater waren in der Aufbauzeit nicht wichtig –, um den jungen Burschen. Sie malten und töpferten zusammen, aber der Junge war mehr von schnellen Autos begeistert, die er ohne Führerschein manchmal durch München steuerte.

Die 1950er Jahre

Der Krieg ist endlich vorbei. Verloren oder gewonnen, das kümmert kaum einen Menschen in Deutschland. Die Massen sind froh, dass »es« vorüber ist und der Alltag nicht mehr aus Kampf und Bomben besteht. Man wendet sich wieder dem Leben zu, besserem Essen, geregeltem Urlaub, ersten Reisen, und blickt zuversichtlich in die Zukunft, wie die Anzahl der neugebore-

nen Babys, die Generation der sogenannten Baby-
boomer bezeugt. Familienplanung[4] ist ein neues
Thema.

Alle sind lieb und alles wird jetzt gut?

Manchmal scheint es tatsächlich so: Indien
wird in die Unabhängigkeit entlassen, nachdem
das Land seine Freiheit mit Truppen, die für die
britische Kolonialmacht starben, erkauft hat. Nie-
derländisch-Indien erklärt noch schnell seine Unabhängigkeit, bevor die Holländer zurückkommen
können, und nennt sich Indonesien. Zusammen
mit Ägypten und Indien gründen sie die »Bewegung der Blockfreien Staaten«, ein Bündnis neu-
traler Nationalstaaten, die sich für den Weltfrie-
den einsetzen wollen, dabei aber auch West- und
Ostblock geschickt gegeneinander ausspielen.
Nicht verwunderlich, dass der lange Arm der Vereinigten Staaten, die CIA, dieses Vorhaben gleich
bei der Gründung[5] mit einem Bombenanschlag sabotiert. Die Explosion an Bord eines Charterfluges
der Air India von Bombay über Hongkong nach Ja-
karta fordert 16 Menschenleben (für den Frieden?), verfehlt aber den chinesischen Premierminister Zhou Enlai, dem der Anschlag eigentlich ge-
golten hat.

Dekolonisierung ist *du jour*, die zarte Pflanze
der Hoffnung auf eine neue, bessere Ordnung der
Welt wird aus ihrem Glashaus geholt und in das
helle Sonnenlicht des Tages gestellt.

Oder doch nicht? Ist der Krieg nur weitergezogen?

Kolonien in Afrika und Asien werden in die Unabhängigkeit entlassen, andere kämpfen noch für ihre Selbstbestimmung. Ausgerechnet die Kommunisten, von denen gesagt wurde, dass sie allesamt böse seien, sind überall in der Welt, insbesondere in den befreiten Kolonien, auf dem Vormarsch. Man sorgt sich.

In Asien machen sich die alten Kolonialmächte und die Sieger des Krieges daran, nach dem Abzug der japanischen Besatzung die Reste ihrer Kolonien zusammenzuklauben, um – wie sie hoffen – da weiterzumachen, wo sie ihre Besitztümer verlassen hatten.

In Korea versuchen die Amerikaner, den Zweiten Weltkrieg noch einmal zu gewinnen, und nutzen die Gelegenheit zur Generalabrechnung mit China, wo Mao gerade sein kommunistisches Reich aufbaut und die Menschen hungern. Auf der koreanischen Halbinsel treffen die großen Puppenspieler der Vergangenheit wieder in Stellvertreterkriegen aufeinander. Dabei werden die sieggewohnten amerikanischen Truppen von russischen Migs und chinesischen Fußsoldaten blutig in die Zange genommen und beinahe ins Meer getrieben und aufgerieben.

Wie konnte es dazu kommen?

Korea war im Krieg von Japan besetzt gewesen, und auf der Konferenz der drei alliierten Siegermächte im Juli 1945 in Potsdam – der Krieg auf der pazifischen Seite der Welt war noch nicht zu Ende, die Atombomben auf Japan noch nicht gefallen – versprachen die Vertreter Großbritanniens und der Vereinigten Staaten der Sowjetunion unter Josef Stalin, er möge sich doch an den ehemaligen japanischen Kolonien bedienen – als Gegenleistung für seine Hilfe im Westen gegen Nazideutschland. Schon Mitte August – Japan hatte seine Kapitulation noch nicht unterzeichnet – landeten Truppen der Roten Armee in Korea und paradierten wenig später durch Pyongyang.

Die USA zeigten sich von den Ereignissen überrascht und wollten sich ihrerseits einen Teil der japanischen Kriegsbeute sichern. Sie schickten Truppen nach Korea. Ein paar amerikanische Militärs in Washington fanden, dass eine Halbierung des Landes ganz angemessen wäre, und definierten anhand einer Schulatlaskarte den 38ten Breitengrad als Grenze – ein Bleistiftstrich auf geduldigem Papier. Niemand fragte die Koreaner oder versprach wenigstens ein späteres Referendum.

Jetzt stehen sich West und Ost auf der Halbinsel militärisch und wirtschaftlich an der 38-Grad-Grenze gegenüber und versuchen, in ihren Gebieten dem verarmten und ausgeplünderten Land mit Wirtschaftshilfe, aber auch roher Gewalt ihre Weltanschauung beizubringen. Zuckerbrot und

Peitsche. Es entwickelt sich das bekannte postkoloniale Gemenge von Korruption, gefälschten Wahlen, Drohung mit Krieg und immer lauter tönender Agitation und Stimmungsmache. Schließlich greift das kommunistische Nordkorea mit russischen Panzern den Süden an und versucht – Stalin, der tumbe Bauer, hatte von Hitler gelernt – den Angriff als Verteidigung darzustellen. Wie zu erwarten, folgt der amerikanische Gegenangriff. Ein neuer Krieg, hin und her, Geländegewinn und Verlust, Seoul wird viermal erobert. Grobe militärische Fehleinschätzungen, immer wieder Leiden, Grausamkeiten und noch mehr Tote.

Der Kalte Krieg beherrscht die Welt. Ost gegen West. Gut gegen Böse? Geteilte Länder. Gedroht wird mit Atombomben – auf Moskau und Washington, aber auch auf Havanna, Pyongyang und Fulda. Für die Regierungen werden Bunker gebaut, der kleine Mann darf einen Regierungszuschuss für seinen Schutzraum im eigenen Garten unter dem Rosenbeet beantragen; für die ganze Familie, nein, die Nachbarn kommen nicht mit rein. Panzer fahren in Berlin auf, 1953 und noch einmal 1961 und dann 1968 in Prag, wo Alexander Dubček im Sommer des Jahres etwas mehr Demokratie wagen wollte.

Weiter im Süden Asiens, in Vietnam, schaffen die Franzosen ganze Bataillone ihrer Kolonialinfanterie aus Obervolta ins Land. In Haiphong gehen die Kolonialsoldaten noch mit den »kleinen gelben Männern« Hồ Chí Minhs[6] (eine Schlüsselfigur in der Geschichte Vietnams und ein Idol der 68er Bewegung) gemeinsam auf Patrouille, während die roten Việt Minh, denen die französischen Fernost-Experten eigentlich jede Fähigkeit zum Nachtkampf absprechen, vorwiegend nachts aktiv werden. Zu allem Übel holen die Franzosen Einheiten aus Algerien – das gleichfalls nach Unabhängigkeit strebt – nach Fernost, und die tragen das Gedankengut der kommunistischen Befreiung in das Herz Frankreichs liebster Kolonie.

Ausgerechnet.

Im benachbarten Kambodscha läuft die Entwicklung nicht weniger unerwartet: Der aufgeklärte, geschäftige Prinz Sihanouk hatte junge Intellektuelle zum Studium nach Paris geschickt. Im *Quartier Latin* wuchsen sie zu militanten Kadern der revolutionären Opposition heran. Sihanouk hatte ohne es zu wollen den Grundstein für die Katastrophe in seinem Land gelegt.

Ja, der Krieg zieht weiter. Manche Krieger auch.

Der Spiegel berichtet am 14. Juli 2014 unter der Überschrift: »Von der Waffen-SS in die Fremdenlegion«:

»70.000 Fremdenlegionäre zogen in den Fünfzigern für Frankreich in den Indochina-Krieg, fast die Hälfte davon waren Deutsche. Viele hatten für Wehrmacht oder Waffen-SS gekämpft – und dann die Seiten gewechselt.«

Das eingekesselte Tal von Điện Biên Phủ wird zu einem nicht geringen Teil mit kommunistischer Propaganda in deutscher Sprache aus Lautsprechern beschallt, um die Landser zur Aufgabe zu bewegen. Kuriosität der Geschichte.

Eine bewegte Zeit, in der der Wind der Veränderung, die Hoffnung auf einen Neubeginn und ein normales, besseres Leben durch die Straßen weht. Das amerikanische Hochkommissariat hebt 1955 den Besatzungsstatus[7] für West-Deutschland auf, und die neue und jetzt souveräne Bundesrepublik erhält die Chance, auch die allerletzten Schatten der Nazizeit abzuwerfen. Im November desselben Jahres wird die Bundeswehr gegründet. Die Kommunisten kleben Plakate mit dem Imperativ »Nie wieder Krieg!«, wozu sie eine bekannte Grafik von Käthe Kollwitz aus dem Jahr 1924 – der Zweck heiligt die Mittel – plagiieren. Das Thema Krieg war schon dreißig Jahre vorher wichtig gewesen. – Vergessen?

Josef, der Maler

Josef, der Künstler, malte keine pazifistischen Plakate.

Sein Vater begleitete den Sohn zu der Baracke, in der die jungen Polizisten rekrutiert wurden – das Polizeipräsidium lag noch in Bombenschutt.

»Was hast du für Zeugnisse? Zeig mal her«, forderte der grün-uniformierte Polizist, nachdem Josefs Vater die Unterlagen aus dem braunen Umschlag gezogen und auf dem Schreibtisch ausgebreitet hatte. Geburtsurkunde, Schulzeugnisse, ein Empfehlungsschreiben.

»Warst du im Krieg? Hast du gedient?«

»Nein, dafür war ich noch zu jung ...«

»... oder warst du wenigstens bei der Hitlerjugend? Hast du da etwas Nützliches gelernt? Oder müssen wir bei dir ganz von vorne anfangen, mit dem aufrechten Gang?«

»Hier ist mein Zeugnis. Volksschule Martinsried.«

Das Bewerbungs- und Einstellungsgespräch war schnell beendet, als der Schreibtischpolizist Josef ein Formular in die Hand gab:

»Hier, füll' das einfach mal aus und gib es dann vorne am Eingang ab. Wir brauchen auch noch zwei Passbilder von dir.« Und nach einer kurzen Pause: »Wenn alles klappt, dann sehen wir uns bei der Grundausbildung wieder.« Leise zu sich selbst sprechend fügte er hinzu: »Ja, die Polizei braucht Leute, neue Leute. Die meisten sind ja nicht mehr aus dem Krieg zurückgekommen.«

Er stand hinter dem Schreibtisch auf und verabschiedete Josef und seinen Vater mit einem »*Pfiat enk!*« (bayrisch, kurz für: »Möge Gott euch auf allen euren Wegen führen und beschützen«), ein freundlicher Abschiedsgruß.

Die Ausbildung und das Leben im Polizeidienst war Josef, dem verhinderten Kunststudenten, im Innersten seines Fühlens und Denkens zutiefst zuwider. Aber er wollte seinen Vater nicht enttäuschen.

Seit der Schulzeit hatte er jeden Augenblick seiner freien Zeit damit verbracht, zu zeichnen und zu aquarellieren. Er war oft im Tiergarten, wo er für Stunden und Tage tief in seiner Arbeit versank. Er porträtierte Vögel und andere Tiere, wobei er beachtliches Geschick an den Tag legte. Der Stil seiner Bilder war weit entfernt von dem manierierten Massengeschmack der Akademien, aber auch weit von den modernen Strömungen der Bildkunst. Seine Arbeiten besaßen einen naturalistischen Charme und eine leichte, frohe Anmutung, ganz anders als der Kaufhaus- und Blümchenkitsch der Nierentisch-Zeit. Am Anfang standen kleine Bilder von Vögeln, Echsen und Krokodilen, die – wie er fand – leicht zu zeichnen waren. Im nächsten Sommer zog er weiter zu den Gehegen mit den größeren Tieren: Zebras, Elefanten, Esel, Pferde. Bei den Letzteren blieb Josef tagelang und verstand, ihre Gesichter zu lesen. Er sah ihnen an, ob sie froh gelaunt oder traurig waren, und es gelang ihm, ihre Gedanken in seinen Zeichnungen abzubilden. Er hatte inzwischen seine Technik vereinfacht und verbessert und fertigte in wenigen Minuten eindrucksvolle Skizzen von den Huftieren. Dabei arbeitete er gerne mit Bleistift, aber auch mit dem Kugelschreiber, wobei er sich im Stillen freute, nicht dem akademischen Zwang zum Gebrauch von archaischen Materialien wie Holzkohle oder Rötel gehorchen zu müssen.

Er strebte nach Ordnung in seinen Bildern, nach Klarheit und natürlichen Abbildungen. Die neuen Stilrichtungen der Moderne, Abstraktion und Kubismus, waren ihm ein Graus. Er sah darin Unordnung, Chaos, Anarchie, ja, fast schon einen Verstoß gegen die göttliche Ordnung, die er in allem zu entdecken glaubte. Ordnung war ihm und den Menschen seiner Generation wichtig.

Zu Josefs ersten Aufgaben im Streifendienst gehörte die Bewachung eines Hauses in einer ruhigen Gegend, die zwischen dem Englischen Garten und der Isar gelegen war. Auch die Universität besaß dort Außengebäude.

»Verhaltet euch unauffällig und richtet euch nach den Anweisungen, die ihr dort von den Amis bekommt, – falls die sich überhaupt sehen lassen«, wurde ihnen von ihrem Vorgesetzten mit auf den Weg gegeben.

Josef und sein Kollege machten sich auf zum Dienst, es erwartete sie dort ein langer Tag mit monotoner Arbeit. Gegen zehn Uhr am Morgen, bei der Münchener Polizei eine Zäsur, der wichtige Moment am Tag, an dem die Leberkäsbrotzeit auspapierlt wird, trat einer der Amerikaner aus dem Gebäude, sah sich kurz um und ging dann auf der Straße hin und her. Bevor er wieder im Haus verschwand, wendete er sich den beiden Polizisten zu und gab jedem zwei Schachteln Zigaretten, ohne dabei ein einziges Wort zu verlieren.

Wer auch immer in dem Haus in der Oettingenstraße das Sagen hatte, wusste, dass die Polizei draußen aufpasste. Und es war klar, dass das Objekt wichtig war, bedeutend genug, um bewacht zu werden.

Für mehr als ein halbes Jahr wurde Josef mit wechselnden Kameraden mehrmals in der Woche zum Dienst an diesem unscheinbaren Gebäude eingeteilt. An manchen Tagen kam es ihnen so vor, als würden sie ihrerseits beobachtet und sogar beschattet werden. Manchmal fuhr ein Auto langsam an dem mysteriösen Haus vorbei oder wendete mitten auf der ruhigen Straße. An anderen Tagen bemerkten sie einen hageren Mann, der meist für die Jahreszeit zu warm angezogen war: Lederjacke oder Trenchcoat und Hut. Er nutzte jeden denkbaren Vorwand, um vor dem Haus kurz zu verweilen und sich umzusehen. Oft zündete er sich umständlich eine Zigarette an, die er aus den Tiefen seiner Mantelasche herausfummelte, oder ordnete seine Schnürsenkel, die immer ausgerechnet vor diesem Hause seiner Aufmerksamkeit bedurften. An anderen Tagen entfaltete er eine Tageszeitung, die »Märkische Volksstimme« oder »Neues Deutschland«, Druckwerke, die Josef im Blätterwald des Münchener Hauptbahnhofs nie gesehen hatte. Das »dürre Männchen«, wie Josef und seine Kollegen die ephemer erscheinende Gestalt bezeichneten, war allen Streifen vor dem Ami-Haus bekannt, andererseits aber nicht wichtig genug, um in einen der täglichen Berichte einzufließen.

»Mann raucht Zigarette am Straßenrand«, das war für einen offiziellen Polizeireport nicht bedeutsam genug. Ein richtiger Polizist suchte richtige Verbrecher, böse Kommunisten, die im Untergrund Maulwurfsarbeit leisteten, denen alles zuzutrauen war, oder er brachte wenigstens Geld in die Stadtkasse, indem er Autokennzeichen von Wagen notierte, die auf der falschen Seite der Ludwigstraße abgestellt waren.

Was weder Josef noch seine Kollegen wussten: Hier betrieb der Propagandazweig die CIA unter Führung von Allen Dulles[8] unter dem Decknamen »Amerikanisches Komitee für die Befreiung der Völker Russlands« ein Studio und woanders einen starken Sender mit Fremdsprachenprogramm, der den Sowjets von Anfang an ein Dorn im Auge war. Die Arbeit zur »baldigen Befreiung der Völker Russlands« im Freiheitsradio (später: *Radio Liberty*, russisch: *Radio Swoboda*) wurde im Osten als Bedrohung angesehen, da sie westliches Gedankengut in den Osten transportierte (tja, es ist halt so eine Sache mit der Freiheit der Funkwellen und mit der Freiheit der Gedanken, die »kein Jäger erschießen« kann) und wurde daher mit allen Mitteln sabotiert: Störsender, auf die die CIA mit mehr Sendeleistung reagierte (und der die Bundesrepublik willfährig die postalisch-fernmeldetechnische Zulassung erteilte) und wieder stärke-re Störsender; das *tit-for-tat* politischer Stim-mungsmache auf den Kurz- und Mittelwellenbän-dern. Aber das reichte nicht: Auch Mord[9] war Sta-lins Nachfolgern ein gerechtes Mittel, das vom Zweck geheiligt werden sollte.

Der Kalte Krieg schritt fort.

Die Jahre vergingen, und die Arbeit im Polizei-dienst ließ Josef keine Zeit, sich tagelang in Pfer-debilder zu vertiefen. Der erwachsene Josef war eine hünenhafte Gestalt, fast zwei Meter hochge-wachsen, mit breiten Schultern und Pratzen wie der legendäre Schmied von Kochel[10], frotzelten seine Kollegen. Wild wuchernde Augenbrauen ver-deckten zum Teil seine kleinen, grauen Augen, die immer schwermütig in die Ferne zu blicken schie-nen. Wenn er sprach – er sprach selten und nur, wenn es notwendig war – verwunderte er seine Zuhörer mit seiner verhaltenen Stimme und bedachtsamen Ausdrucksweise. Ein zartfühlender Mensch in einem grobschlächtigen Körper.

Sein Vorgesetzter, der Josef nur als Personalie kannte, sah in dem kernigen jungen Mann Materi-al für die neu aufgestellte Truppenpolizei[11]. Das Land brauchte, wie man glaubte, eine bewegliche Polizeitruppe, um bei Protestkundgebungen für Ordnung zu sorgen. Josef lehnte ab. Man stellte ihm einen höheren Dienstrang in Aussicht und Be-fehlsgewalt, Untergebene, die er dann komman-dieren durfte – Josef wollte nicht.

Seine ohnehin schon schleppend verlaufende Karriere versackte schnell, nachdem er sich geweigert hatte, in eine der neu aufgestellten Hundertschaften versetzt zu werden. Er wollte in München bleiben und nicht mit zweitausend anderen irgendwo in einer Kaserne leben, sondern lieber zu Hause bei Maria essen und schlafen.

Anfang der 1960er Jahre

Freddie Quinn singt »Junge, komm bald wieder«, die Shadows dudeln seit 1960 »Apache« in der *Juke box* jeder Eisdiele, auch in Berlin, das im Sommer 1961 von einer Mauer geteilt wird. Einer der Letzten, der nur Tage vor dem Mauerbau[12] aus dem Osten in den »freien Westen« überläuft, ist der spätere Studentenführer Rudi Dutschke. Hamburg muss im Februar 1962 die große Sturmflut überstehen und die Beatles feiern ihre ersten bescheidenen Erfolge in einer unbekannten Bierkneipe im Rotlicht-Bezirk. Nach München kommen sie erst 1965 zu einem Gastspiel.

Insgesamt sind die Mods, die in der Post-Rock'n-Roll-Zeit unterwegs sind, brave Jungen auf knatternden Mopeds, im Stil der Zeit mit weißem Hemd und schmaler Krawatte, die Sozia im Petticoat auf dem Rücksitz.

Jeans, der blaue Zwirn der Cowboyhosen, ist in diesen Kreisen noch nicht verbreitet. Das blaue Beinkleid aus Tuch, das nach *Serge de Nîmes* (in den USA verballhornt nach *Denim*) gewebt wurde,

die »Röhrleshose«, ist unerreichbar teuer und selten[13], verspricht aber Freiheit, obwohl das Ur-
Stück nicht für russische Revolutionäre, sondern
ursprünglich als strapazierfähige Arbeitshose für
Goldgräber konzipiert worden war, die in der
Neuen Welt die Erde aufbuddelten, um reich zu
werden.

Die Sowjets schießen schon im Oktober 1957
den ersten Satelliten ins All und zeigen damit der
ganzen Welt, dass sie jetzt jeden Punkt auf dem
Globus mit Atombomben erreichen und zerstören
könnten – wenn sie das nur wollten.

Der amerikanische Präsident Kennedy bringt
Hoffnung in diese triste Welt der frühen 1960er,
brilliert während der Kubakrise[14], die die Welt an
den Rand der Vernichtung gebracht hatte. Er redet
vom Frieden, wird in Europa begeistert empfangen und will bei den Berlinern 1963 wiedergutma-
chen, was er zwei Jahre zuvor versäumt hat. »Ich
bin ein Berliner«,[15] ist das wichtigste Zitat aus seiner Rede, die überall im Radio übertragen, aber
abgesehen von diesem einen Satz, wenig beachtet
wird. Ehe er Amerikaner zum Mond fliegen lassen
kann, um es den Russen mal richtig zu zeigen,
wer auf dieser Welt die technologische Oberhand
hat, wird er unter Umständen ermordet[16], die bis
heute viele Fragen offen lassen.

Andreas

Andreas, jetzt erwachsen, muss sich der schmerzlichen Erkenntnis stellen, dass sein Papa nie mehr heimkehren würde. Im Radio und bei den Kriegsheimkehrern, die immer noch in der Sammelstelle in Friedland eintröpfelten, sucht das Rote Kreuz täglich weiter nach Vermissten aus der Kriegszeit, aber Andreas' Vater ist offiziell als tot gemeldet: Einer der Heimkehrer hatte seine Erkennungsmarke mitgebracht.

Unsicherheit quält, Gewissheit trifft im Herzen.

Das Land hinter dem Eisernen Vorhang, der Grenze zwischen Gut und Böse, wo er seinen Vater in Kriegsgefangenschaft vermutet hatte, und der Westen übertreffen sich jedes Jahr mit immer größeren Tests ihrer neuesten Atombomben. Die Kuhmilch[17], die aus dem Alpenland nach München geliefert wird, ist davon radioaktiv; ein Journalist lässt einen Geigerzähler[18] live im Radio knattern. Die Kontamination der Umwelt wird unerträglich, so kann es nicht weitergehen. Selbst unbelichtete Röntgenfilme zeigen kleine schwarze Pünktchen, die von dem radioaktiven *Fallout* herrühren. Unter dem normativen Zwang der Realität einigen sich die Kontrahenten des Kalten Krieges, ihre Waffentests fortan nur noch unterirdisch auszuführen, obwohl sie dort mit seismischen Methoden leichter zu beobachten sind als zuvor. Nur Frankreich, dessen Kraft als Kolonialmacht zunehmend schwächer wird, testet unbeachtet vom Rest der Welt seine Atombomben im verlorenen Algerien[19].

Der Regierung in Deutschland und ihren Radio- und Zeitungskommentatoren kommt die Angst vor Umsturz oder womöglich Revolution recht, und sie will sie unter keinen Umständen erlöschen lassen. Berlin, die Vier-Sektoren-Stadt, ist als Experimentiersandkasten für allerlei Propaganda, Meinungsmache und Hetze besonders gut geeignet, da die Radio- und später Fernsehsender weit über die Grenzen der Stadt reichen. Der RIAS (Radio im amerikanischen Sektor) übt unter der wohlwollenden Überwachung der amerikanischen Hausherren den sogenannten freien Journalismus, der Osten hält wacker dagegen und sendet optimistische Aufbaupropaganda und kommunistische Kampflieder durch den DDR-offiziellen Deutschland-Sender oder versteckte Stationen wie den »Freiheitssender 904« – vergebens. Während der Ost-Funk weitschweifig seine Nachrichten vom »real existierenden Sozialismus« (DDR-Euphemismus) verbreitet: »Der erste Staatsratsvorsitzende und erste Sekretär des Zentralkomitees und der sozialistischen deutschen Einheitspartei hat heute ...« irgendjemandem die Hand geschüttelt, spielt der West-Sender schon groovigen Jazz, Countrymusik oder Folk. Es sind Melodien, die den Klang von Freiheit in die Welt tragen, während die anderen von Freiheit nur sprechen und die Welt mit angestaubten Revolutionsparolen langweilen.

Im Westen beschwören die Medien – allen voran die Druckerzeugnisse des Axel-Springer-Verlags (Hauptsitz Berlin) – eine diffuse, aber drohende »rote Gefahr« und schüren die Art von Furcht, die auch die Schafe in einer Herde zusammentreibt, um sie so leichter in ihren Pferch zu zwängen. Für die Menschen, die die Nazizeit in Erinnerung haben, gilt Ruhe als die erste Bürgerpflicht. Sie wissen es nicht besser, und sie kennen es nicht anders. In Veränderung, selbst der kleinsten, sehen sie den Beginn von Umsturz, ja Revolution, Tod, Chaos und Leiden.

Marias Arbeit

Maria, klein und zierlich von Gestalt, hatte das Bauernland verlassen und lebte nun in der Stadt, eine schlichte aber nette Frau aus der Provinz, deren Gesellschaft überall gerne angenommen wurde.

Sie hatte schnell eine gute Anstellung gefunden und arbeitete als Putzfrau, besser und genauer als *support staff in the semiconductor production* in einer bedeutenden Elektronikfirma, einem Betrieb, der Transistoren und andere Halbleiterbauteile für Computer in besonders sauberen Werkhallen herstellte. Maria war keine gewöhnliche Reinigungskraft, die abends mit Gummihandschuhen, Lappen und Sprühreiniger als graue

Maus in irgendeinem Büro einer namenlosen Firma ihrer unterbezahlten Arbeit nachging. Nein, sie war eine Superputzfrau mit einer Ausbildung: Marias Aufgabe war es, die Produktionsräume gründlich von Staub freizuhalten. Dabei hatte sie die Vorgabe von maximal fünf Staubteilchen pro Kubikmeter Luft zu erreichen oder zu übertreffen. Darauf war sie stolz, denn sie war der einzige Mitarbeiter, der diesen Dienst verrichtete. Alles andere besorgten die Luftfilter in der neuen Klimaanlage.

Die Bauteile und Transistoren, die 1962 dort hergestellt wurden, waren für die allerersten Computer bestimmt. Es waren Bauteile für das Militär, speziell das Radar, um mit den neuen Atomraketen[20] besser zielen zu können. Das Töten wurde weiter erforscht und verfeinert. Während man in Vietnam den Gegnern immer noch brennendes Napalm über die Köpfe schüttete, wurde hier ausgeheckt, wie der Krieg in Zukunft präziser und in der richtigen Proportion geführt werden könnte. Die Kriegsminister und ihre Generäle sprachen von »höchst akkuraten Schnitten«, wie in der heilenden Chirurgie und so, als ob man an genauen Schnitten viel lieber stürbe, als an brennendem Phosphor oder Napalm[21] zu ersticken.

Maria wusste nichts von der Militärtechnik, sie kannte nur ihre Arbeit.

Diese Arbeit war streng geheim, weil militärisch wichtig. Hier entschiede sich die Zukunft des Abendlandes, in dieser Fabrik würde der Frieden hergestellt, sagte man ihr. Maria verstand nichts vom Krieg und dem »Zeug mit dem Atom«, wie sie das nannte. Sie wunderte sich nur, wenn ihre Tasche mit dem Brotzeitbesteck für das Mittagessen auf dem Heimweg kontrolliert wurde. Sie vermutete, es geschehe wegen der Ordnung und um den Frieden zu sichern. Sie ahnte nichts von den Raketen, den Kommunisten und Spionen, die angeblich draußen nur darauf lauerten, ihr ein Geheimnis zu entlocken oder gewaltsam abzupressen.

»Was weiß ich denn schon, ich mache doch nur hier sauber«, dachte sie. Ihre Welt war simpel eingerichtet. Maria war froh, wenn sie gelobt wurde, an einem Tag wieder genug Staubpartikel eingesammelt zu haben. Das reichte ihr, und sie empfand trotz des Stumpfsinns der Arbeit eine tiefe Zufriedenheit, ihren Beitrag zum friedlichen Fortgang dieser Welt geleistet zu haben.

Wie alle anderen Menschen, die in den Fabrikhallen ihrer Arbeit nachgingen, trug Maria einen Schutzanzug, ähnlich wie die Astronauten[22], was auf subtile Art daran erinnerte, dass der erste Astronaut ein Russe gewesen war. Man sah darin ein weiteres Hinweiszeichen, dass der Westen bald von den perfiden Kommunisten, die angeblich nach der Weltherrschaft strebten, überrannt werden würde; von denselben schuftigen Menschen, die Andreas' Vater auf Nimmerwiedersehen nach Sibirien verschleppt und dort umgebracht hatten – aber davon wusste Maria vermutlich nichts.

Man erklärte ihr, dass der Mensch – gleich, ob Mann oder Frau – schmutzig sei, und dass, falls es vorkäme, jemand ohne seinen Astronautenanzug in die Räume gelangte, danach die ganze Anlage tagelang, wenn nicht wochenlang gereinigt werden müsste. Produktionsausfall, Kosten, verfehlte Liefertermine – eine wirtschaftliche Katastrophe! Und es lag in Marias Händen (und Putzlappen), dass dieser Fall nie eintrat.

Das Anlegen und Ausziehen des Schutzanzugs dauerte über zehn Minuten, eine lange Zeit, wenn sie auf dem Weg zur Mittagspause war oder dringend ihre Notdurft verrichten musste. Das Leben war – in gewisser Weise – eingeengt und langweilig. An manchen Tagen fand sie es schwierig immer wieder die gleichen Maschinen und dieselben Stellen am Fußboden mit dem speziellen Staublappen zu befeudeln, wie es die gedruckte Dienstanweisung verlangte, Stellen, die sie erst ein, zwei Stunden vorher von dem unsichtbaren Staub befreit hatte. Bei der Arbeit fand sie es daher unterhaltsam mit den jungen technischen Mitarbeitern – den Buben, wie sie sie nannte – durch ihren staubdichten Anzug freundliche Blicke zu wechseln, denn selbst ein einfaches Gespräch war durch die Raumanzüge umständlich und kaum möglich.

Um jeden möglichen Geheimnisverrat[23] zu verhindern – man vermutete allerorts kommunistische Lauscher – gab es Schleusen, verriegelte Türen, die nur von ausgewähltem Personal geöffnet werden durften. Maria gehörte zu diesem inneren Kreis, wie man es nannte. Ihre Kollegen, die Ingenieure, Techniker und Wissenschaftler, waren in der Mehrzahl junge Männer, die frisch von der Hochschule kamen, und andere, die in der Fabrik ihr Praktikum ableisteten. Viele der jungen Burschen erschienen mit dem Fahrrad zur Arbeit, einige wenige hatten ein Moped und nur ein einziger besaß ein kleines rostiges Auto aus französischer Produktion, das in den Kurven lustig schaukelte.

Maria hatte sich mit einem Praktikanten angefreundet, mit einem, der hoffte, später nach Studium und Diplom bei der Computerfirma als Ingenieur zu arbeiten, wie er ihr erzählte. Dabei verschwieg er, dass er nicht einmal das Abitur geschafft hatte. Die beiden, Maria und ihr junger Freund Andreas, verzehrten, wenn es der Schichtdienst zuließ, zusammen ihr Mittagessen oder genossen im Sommer nach der Arbeit ein Weißbier oder Radler, wobei sie dann gemeinsam der untergehenden Sonne zusahen und der junge Mann Zeit fand, ihr seine Vorstellungen einer neuen Welt darzulegen.

Maria erfreute sich an seiner Gesellschaft, obgleich sie seinen Worten kaum folgen konnte, wenn er ihr die Zukunft ausmalte und seine Träume von kommenden besseren Welten. Dennoch fand sie Gefallen an der Gegenwart des jungen Mannes, in dem das Feuer einer Begeisterung brannte, eine Hingabe, die sie so noch nie bei einem Menschen erlebt hatte. Er redete von einer Zukunft, in der Geld keine Rolle mehr spielen sollte, einer Zukunft, in der die großen Konzerne mit ihrer Macht nicht mehr alles dominierten, was insofern etwas widersinnig war, als Maria und ihr junger Seelenfreund just in einem solchen Konzern ihr Brot und Bier verdienten.

Und doch: Die gute Welt, von der er fantasierte, ein Dasein, in dem alle auf gleicher Stufe standen, alle einander herzensgut und fürsorglich begegneten, kam ihr bekannt vor. War es das, wovon ihr Lehrer damals im Religionsunterricht gesprochen hatte? Frieden auf Erden?

Nur selten gebrauchte Andreas das Wort »Revolution« und meinte damit die Veränderung, die für den Übergang zu der besseren Welt eines zukünftigen Lebens notwendig war. Aber so weit war es noch nicht. Zunächst mussten sie sich mit der Gegenwart bescheiden, unvollkommen, aber mit warmem Sonnenschein, Bier und Radler.

Maria hatte durch ihren Großvater von der Revolution in München und der kurzlebigen Räterepublik gehört, und dass diese zwar nobel, aber in letzter Konsequenz ein erfolgloses und blutiges Unterfangen gewesen war, das von den rechten Freikorps rücksichtslos niedergeschlagen wurde. Der alte Herr sprach nicht gerne von der Vergangenheit, denn da war vieles in Altötting passiert, was er lieber vergessen hätte[24], aber nie verdrängen konnte.

Mit den Gedanken an ihren Opa kamen wehmütige Erinnerungen zurück an den Frieden, der auf den grünen Wiesen ihrer dörflichen Heimat ruhte und der mit den staubfreien Kunstlichträumen kontrastierte, in denen sie jeden Tag verbringen musste, um ein Einkommen zu erwirtschaften.

An manchen Tagen, wenn Josef nachmittags oder abends Dienst hatte, fuhr der junge Mann Maria mit seinem Moped als Sozia nach Hause, bevor er auf dem gleichen Weg wieder zurück zu der immer noch zu engen Behausung mit Mutter und Tante fuhr.

Maria und Josef zu Hause

Im Gegensatz zu ihren biblischen Namensvettern hatten Josef, der Polizist, und Maria, die Putzfrau, keine Kinder, was sie gelegentlich bedauerten.

Marias Arbeitszeit wechselte. Manchmal morgens, dann wieder spätabends, angeblich abhängig von dem Produktionsablauf in der Woche. So kam es, dass Josef, der Polizist, und Maria, seine Frau, einander oft tagelang nicht sahen und nur mit Zetteln auf dem Küchentisch in Verbindung blieben.

An den wenigen Abenden und Wochenenden, an denen es ihnen durch Zufall oder Arbeitsplan vergönnt war, ihre Zeit gemeinsam zu verbringen, führten sie ein beschauliches Leben. Das Radio war der Mittelpunkt der Wohnlandschaft und stand vorteilhaft zwischen der guten Stube und der Küche, in der sie ihre seltenen gemeinschaftlichen Tage genossen.

Maria erfreute sich an rührseligen Hörspielen und Volksmusik aus ihrer oberbayrischen Heimat. Solche Musik gab ihr Ruhe, schuf eine Verbindung zum Land, und in Gedanken sah sie den Kirchturm und ihr Dorf vor sich – so wie sie es damals als Mädchen verlassen hatte.

Josefs Musikwünsche harmonierten nicht mit Marias Geschmack. Er erfreute sich an moderner Klassik[25], Radau, wie Maria es nannte, Zeug von ausländischen Komponisten wie Béla Bartók und Skrjabin. Wenigstens Schönberg war ein Österreicher. Diese Vorliebe überraschte insofern, als Josef nie eine musikalische Ausbildung genossen hatte, ja, nicht einmal ein einfaches Weihnachtslied auf der Blockflöte spielen konnte. Maria scherzte, Josef hätte einen Hörschaden vom alljährlichen Schießtraining bei der Polizei erlitten. Josef fand das nicht lustig; der Polizeidienst sei eine ernste Sache, meinte er, an dem es nichts zu witzeln gebe. Zudem sei das klassische Getöse eine kulturell hochstehende Ausdrucksform und keine entartete Musik und schon gar kein Musikbolschewismus, sondern der Klang von Freiheit und internationalem Aufbruch. Er vermied es, den Gegensatz solcher Kompositionen zu seinen Bildern aufzuzeigen, Maria würde es nicht verstehen.

Niemand hatte Einblick in Josefs vielschichtige Seelenregungen.

Ein- oder zweimal im Jahr verbrachten Josef und Maria einen gemeinsamen kurzen Urlaub. Dann packten sie das Köfferchen und fuhren auf dem Motorroller in die Berglandschaft der Voralpen oder besuchten für ein paar Tage Verwandte aus Josefs Sippe in Franken. Familienbande, die Josefs Vater seit der Zeit der Freikorps[26] gepflegt hatte. Dazu fuhren sie dreihundert Kilometer mit dem bepackten Vesparoller auf der Autobahn und waren glücklich, die Berge oder die Verwandtschaft, die nahe an der Zonengrenze wohnte, wiederzusehen und gemeinsam vom frisch gebackenen Pflaumenkuchen zu naschen.

Dereinst, so hofften sie, würden sie in ihrem Rentnerleben mehr Zeit füreinander haben. Josef hatte sich vorgenommen, dann mehr Bilder zu malen, und Maria wollte endlich wieder große Mahlzeiten kochen. Suppe, Braten, Nachtisch, Kuchen – so wie sie es früher in der Hauswirtschaftsschule gelernt hatte – und dazu Freunde einladen. Oder Josefs hantige Kollegen von der Polizei. Große Tafel, Kerzen am Tisch.

Josef und sein Vorgesetzter

Josefs Dienstvorgesetzter im Polizeidienst war ein zynischer Altnazi, der seine dunkle Vergangenheit als SS-Lagerwache in Dachau wie eine Auszeichnung vor sich hertrug. Jeder Kritik entgegnete er:

»Sie können das doch gar nicht beurteilen, junger Mann, Sie waren damals ja gar nicht dabei.« Er sah sich als Opfer und nicht als Täter, zumindest versuchte er, es im Gespräch so hinzustellen.

»Wir haben doch erst Ordnung in dieses Land gebracht. Wir haben mit den Reichskommunisten aufgeräumt, und auch glich mit allen arbeitsscheuen Zigeunern und Schwuchteln. Einfach, zack, von der Straße weg. Keine Milde zeigen. Wo wären wir denn sonst heute? Das Volk hat doch hinter uns gestanden, bei allem, was wir taten.«

Er richtete sich direkt an Josef:

»Ja wo wären wir denn heute, junger Mann? Woher, glauben Sie denn, kommt die Ordnung, die Leute wie Sie jetzt so ausgiebig genießen?«

Wie immer, wenn er sich so wie jetzt in Rage redete, nahm er eine steife Haltung an und sah über seine Zuhörer hinweg in die Ferne wie Hitler, wenn er sich mit einer Rede an eine große Zuhörerschaft richtete.

»Und was haben die mit uns gemacht? Die vorrückenden Amis haben meine Kameraden im Kohlenhof an die Wand gestellt und mit dem Maschinengewehr umgenietet[27]. Ist das gerecht? Wir haben doch nur unsere verdammte Pflicht getan und unsere Befehle ausgeführt.«

Josef wurde zum Schichtdienst eingeteilt, auch in der Nacht. Es war eine langweilige und ereignislose Arbeit, bei der höchstens mal ein Betrunkener aus dem Taxi gezerrt wurde oder ein aufgebrochener Zigarettenautomat für das Protokoll zu dokumentieren war. In solchen Fällen vervollständigte er die Unterlagen mit ausführlichen Zeichnungen, die seine Vorgesetzten kaum beachteten. Er bemühte sich, von dem eintönigen Streifendienst freizukommen und bei einer anderen Dienststelle eingesetzt zu werden, am besten ein Posten, auf dem keine Nachtschicht abzuleisten war. Insgeheim hoffte er, mit seinen grafischen Fähigkeiten Phantombilder anzufertigen oder seine Arbeiten sonst wie in den Dienst einzubringen.

Er sprach mit seinem Vorgesetzten; aber ihm wurde beschieden, dass für ihn, einen kleinen Polizisten mit Grundausbildung und ohne spezielle Weiterbildung, keine entsprechenden Positionen frei seien.

Man wies darauf hin, dass unter Umständen bei der berittenen Polizei Personalbedarf bestünde. Dort wollte Josef auf keinen Fall hin, denn er wusste, dass dies immer Dienst bei Demonstrationen hindeutete. Er hörte von seinen Kollegen, die ihn einmal mit in die Ställe genommen hatten, wie die Tiere behandelt wurden. Manche hatten bei gewaltsamen Auseinandersetzungen Wunden davongetragen und alle hatten traurige Pferdegesichter, weil sie zu lange in ihren Boxen herumstanden und dann viel zu weit auf Lastwägen zu Einsätzen außerhalb der Stadt gekarrt wurden. Josef hatte keine Aussicht, sich vom Streifendienst zu befreien, und so unterhielt er sich mit Gedanken und Vorfreude auf die Zeit der Rente und des Ruhestandes, die er dann endlich nach seinen eigenen Wunschträumen gestalten wollte: im Sommer draußen und mit dem Zeichenblock, im Winter drinnen in seiner Werkstatt an der Druckerpresse.

Nach einiger Zeit des Bittens und Bettelns wurde Josef dennoch zeitweise zum Wachdienst in der Justizvollzugsanstalt Stadelheim in Giesing – im Knast, wie er es nannte – eingeteilt. Dort war seine Arbeit ebenso bedeutungslos wie der Fußstreifendienst in den Vorstädten mit ihren potthässlichen Nachkriegsbauten, die aus Bombenschutt schnell hochgezogen worden waren. Das Gefängnis bestand seit der Jahrhundertwende. Auf der Wiese im Zentrum der rechteckigen Hauptgebäude erhob sich ein schmuckloser Kirchenbau, der der finsteren Anlage eine religiös-moralische Anmutung geben sollte.

Im Knast gelang es Josef, das Vertrauen einiger Gefangenen zu gewinnen, und er saß, mit Duldung seiner Vorgesetzten, oft nach der Arbeitszeit mit dem Zeichenblock in einer Zelle, um Verbrecher zu porträtieren. Es waren ruhige Momente, in denen er sich tief in seine Arbeit versenken konnte. Josef war sich nicht bewusst, dass auch hier – wie früher im Tierpark – seine Modelle Gefangene waren, eingesperrt in Käfigen und Gefängniszellen.

Während der Abende in Stadelheim verspürte er zeitweise eine unheimliche, dunkle Präsenz in den Gängen in manchen Bereichen mehr, in anderen weniger. Josef wusste, dass in der Vergangenheit im selben Gebäude Hinrichtungen durchgeführt worden waren; erst im Kaiserreich und dann in der Weimarer Zeit, später in der Hitlerzeit und auch danach noch, als die Amerikaner die 156 in Nürnberg verurteilten Kriegsverbrecher an mehreren Tagen nacheinander am Galgen aufknüpften, letztere allerdings – wegen der großen Anzahl der Delinquenten – auch in Landsberg am Lech, an der Romantischen Straße.

Siegerjustiz, die Geschichte schreibt. Wer gerade siegte oder besiegt wurde, welcher Geist gerade im Lande herrschte, war an den wechselnden Insassen der Zelle 70 abzulesen: Kurt Eisner (Anführer der Novemberrevolution von 1918 in München), Ludwig Thoma (Schriftsteller), Adolf Hitler (»Führer«) oder Ingrid Schubert (RAF Terroristin).

Hätte Josef auch Hitler porträtiert? Wenn ja, wie? Mit Bleistift oder Rötel? Oder mit schwarzer, staubiger Holzkohle? Wären Josef und Adolf ins

Gespräch gekommen – sie hatten ja eine gewisse Verbundenheit in Malerei und Kunst – oder hätten sie sich nur stumm gegenüber gesessen und schweigend dem Kratzen des Zeichenstifts zugehört?

Ganz sicher hätte er sich gewünscht, niemals von der schauderhaften Geschichte der Hinrichtungen in dem kalten Mauerwerk erfahren zu haben. Es belastete ihn. Josef verabscheute Gewalt, ekelte sich vor Blut und hatte in seiner Jugendzeit einige Jahre lang vegetarisch gelebt, weil er dabei an die Tiere im Zoo dachte, blieb aber beim Anblick der Leberkässemmeln, die seine Kollegen an jedem Dienstag zur Brotzeit kauften, nicht standhaft. Der malende Polizist mit dem Schlagstock konnte sich nicht festlegen.

Die Zeit und die Jahre vergingen.

Josef hatte Geld zusammengespart und suchte nach einer kleinen Werkstatt, einem Atelier, einem Raum mit großen Fenstern und mit hellem Tageslicht, in dem er seine Kunst betreiben und weiterentwickeln wollte. Er achtete darauf, dass die geeignete Räumlichkeit nicht in einem Wohnhaus lag und sich die Nachbarn deshalb nicht über die Gerüche von Terpentin und anderen Lösungsmitteln beschweren konnten. Er stellte sich eine beheizbare Garage vor oder einen sonnigen Wintergarten, denn dort könnte er die schwere und teure Tiefdruckpresse unterbringen, die er sich eines Tages kaufen würde. So sichtete er jede Woche die Zeitungsannoncen in der Samstagszeitung, um ein geeignetes Objekt zu finden. Er besuchte manche Garage oder Lagerraum mit seinem Motorroller, selten mit dem erhofften Erfolg. Viele Hausherren wollten keinesfalls an einen Künstler vermieten. Josef verriet nicht, dass er Polizist war, ein ordentlicher und hochanständiger Mensch und kein langhaariger Gammler, kein verrückter Halbstarker, sondern ein sensibler Kunstschaffender aus der Linie der bayrischen Akademiemaler, wenngleich einer, dem es nie vergönnt war, Malerei zu studieren, sondern einer, der in seinem Leben nur kleine Kriminelle im Knast bewacht und Pferde mit dem Bleistift gezeichnet hatte.

1962 – Schwabinger Nächte[28]

Unruhe und Spannung lagen in diesen heißen Junitagen in der schwülen Luft der Großstadt. Die Biergärten und der schattige Englische Garten waren von Menschen frequentiert, die Abkühlung im Freien suchten. Manche zogen sich bis auf die Unterwäsche aus und badeten in den Springbrunnen der Innenstadt oder des Residenzgartens, bevor sie dann doch wieder von den uniformierten Ordnungshütern der Stadt vertrieben wurden.

Seit Tagen waren Scharen von Studenten und Halbstarken auf den Straßen, anstatt in den Vorlesungen brav den Professoren in ihren Talaren zu-

zuhören. Das Radio berichtete in Sondersendungen von verbissenen Straßenschlachten, bei denen die Polizei angeblich blindlings auf die Meute der Jungen eingeschlagen hatte, um »Zusammenrottungen unruhestiftender Elemente« aufzubrechen. In den Zeitungen wurden seltene Worte wie »Zentralrat« oder »Sozialisierungskommission« gedruckt.

Für Maria waren diese Begriffe fremd, sie bereiteten ihr Angst, denn sie schienen anzudeuten, dass das, was war, sich umwälzte. Maria mochte keine Veränderung in ihrem Leben und fürchtete sich vor der Zukunft, eine ferne Zeit, die nur in den Köpfen der Studenten existierte. Auch das sollte sich ändern.

Während Josef noch dienstlich unterwegs war, traf sich Maria mit ihrem Freund Andreas am Chinesischen Turm, einem beliebten Biergarten, in dem sich die Münchener im Sommer nach der Arbeit gerne einfanden und ihren Feierabend genossen.

Andreas war aufgebracht. Ohne weitere Erklärung brachen die Worte aus ihm heraus.

»Es ist vorbei. Alles ist eine Lüge, eine miese, hässliche Lüge. Der Krieg, mein Vater, die Schule, alles. Wir müssen etwas dagegen tun. Es reicht! Der Kampf fängt jetzt gerade erst an!«

Maria verstand nicht, sah aber, dass er blaue Flecken auf der Stirn hatte, ein blutunterlaufenes Auge und Schmerzen im Arm, die es ihm erschwerten, seiner Erregung entsprechend zu gestikulieren.

»Was ist passiert? Was haben die mit dir gemacht?«

Er war enttäuscht, dass sie nicht wusste, was die Stadt seit Tagen bewegte, und versuchte, es ihr zu erklären. »Verdroschen haben die mich, niedergeknüppelt ...«, und weiter: »... Polizisten, in ihren grünen Uniformen und ein paar mit ihren unauffällig karierten Zivilhemden, einige zu Pferde. Sie kamen von überall, aus den Seitenstraßen, aus ihren Mannschaftswagen, aus dem Nirgendwo. Und dann haben sie ihre Knüppel rausgeholt und auf alles draufgehauen.«

Maria hörte verwundert zu.

»Eine junge Frau, die politische Pamphlete verkaufte, haben sie ganz ohne Grund halb totgeschlagen, sie hat geblutet wie eine Sau beim Schlachten, das Trottoir war ganz rot.«

Die Rede schien ihm schwerzufallen, oder waren es die Schmerzen in seinem Arm, die ihn einschränkten?

»Wir haben uns gewehrt oder wenigstens versucht, uns zu wehren, so gut es ging. Mit Tischen und Stühlen aus den Straßencafés oder was halt so zur Hand war. Aber sie waren alle in der Übermacht. Ich habe dann mit so einem Stuhlbein einen Polizisten richtig gut vermöbelt. Da wird sich der Bulle noch lange dran erinnern.«

Er versuchte, sich zu beruhigen, war aber immer noch außer sich vor Wut.

»Von wegen Freiheit, Münchener Freiheit[29] nennen sie die Gegend. Alles Quatsch! Das sollte Münchener Unterdrückung heißen. Noch in fünfzig Jahren[30] wird man sich an dieses zum Himmel stinkende Unrecht erinnern. Ich werde das nicht mehr erleben.«

Maria schüttelte den Kopf. »Du bist doch noch so jung ...«, entgegnete sie seiner düsteren Prophezeiung.

»Weißt du, wie das alles angefangen hat?«, fragte er Maria.

»Nein, erzähl' doch mal von Anfang an ...«

»Ein paar Freunde haben im Park Gitarre gespielt. Abends nach zehn Uhr, und das hat der Polizei nicht gefallen. Jemand hat die Streife zur Hilfe gerufen, die haben die Musikanten erst zusammengeschlagen und dann festgenommen. Sie wurden mit dem Wagen weggebracht. Gitarre kaputt.« Seine Stimme wurde zunehmend emotional, und er redete wirr und ohne Zusammenhang.

»Weißt du, Maria, in einem Staat, wo die Polizei mit Gummiknüppeln gegen Musik und junge singende Leute vorgeht, da ist etwas nicht in Ordnung.«[31] Dann fügte er hinzu: »Wir müssen etwas tun, wir müssen uns wehren, gegen die da oben.«

Maria hörte mit leerem Ausdruck zu, denn sie verstand nicht, wovon er redete, aber die Eindringlichkeit, mit der er sprach, und seine Blessuren deuteten an, dass es wichtig war. Sie nickte nur.

»Alles, was die uns weismachen wollen, das alles ist erstunken und erlogen. Alles!«

Andreas hielt sich das kalte Bierglas an die Schläfe und an die Stirn, wollte die verletzten Hautpartien kühlen.

»Ich habe in den letzten Nächten viel gelernt. Ich verstehe jetzt, was da abläuft. Daher müssen wir dieses System der Lügen bis zum bitteren Ende bekämpfen, selbst wenn es unser Ende, auch mein Ende bedeutet!«

»Was willst du denn machen? Alleine kannst du doch da gar nichts ausrichten?«, fragte Maria.

»Du verstehst nicht. Ich will das System ändern, so kann es nicht weitergehen. Ich habe da Freunde in Berlin, Horst und andere, die werden mir schon helfen, mit Waffen, Mollis und so ...«

Danach brach die Unterhaltung ab.

Andreas und Maria saßen noch schweigend nebeneinander, tranken ihr Bier und ihr Radler aus. Seine Denkweise und Marias Weltanschauung lagen so weit auseinander, wie es bei Menschen nur möglich war.

Nach einer Weile stand Andreas auf, nickte kurz zum Abschied und stakste dann den Schotterweg entlang aus dem Park und zur Straßenbahn. Lange sah Maria seiner Rückenpartie auf dem Parkweg nach. Sie hätte gerne mehr Zeit mit dem bildhübschen jungen Kerl zugebracht, eine

Nacht, ein ganzes Wochenende. Dann sinnierte sie, ob der Mann, dem sie da nachsah, ob er überhaupt Liebe geben und erwidern könne[32]. Je näher sie ihn kennenlernte, umso weniger begriff sie, was in ihm vorging. Andreas war anders, ein Einzelstück.

Eine Woche später.

Josef war vier Tage nicht nach Hause gekommen. Das war Maria zunächst nicht aufgefallen, denn oft sahen sie einander tagelang nicht, da beide unregelmäßige Arbeitszeiten hatten. Sie hatte sich längst daran gewöhnt. Dann, nach vier Tagen Abwesenheit, blieb Josef auf einmal zu Hause. Den ganzen Tag. Die ganze Woche. Er las die Zeitung und verbreitete dabei eine Stimmung von Unruhe und Gespanntheit.

»Was ist mit dir los? Musst du heute nicht mehr zum Dienst?«

Keine Antwort.

»Oder darfst du endlich deine Überstunden abfeiern?«, frage Maria ihn am fünften Tag, nachdem sie ihm sein Frühstück gerichtet und die Tageszeitung aufgeschlagen zurechtgelegt hatte. »Wir könnten doch wieder mal zu deinem Vetter nach Franken fahren, wenn du freihast. Ihr habt euch doch immer so gut verstanden. Es ist gerade schön warm, Zeit für eine Sommerfrische.«

»Hast du nicht gehört, was los ist?«, antwortete Josef schroff, ohne die Zeitung in seinen Händen zusammenzufalten. »Radio und Zeitung sind voll davon, und du hast nichts davon mitbekommen? Ein Straßenkrieg ...« Er machte eine lange Pause und fuhr dann fort: »Wir waren die ganze Zeit im Einsatz gegen die verrückten Halbstarken in Schwabing, an der Freiheit.«

»Ach ja, was war denn?«

»Es war wie Krieg. Diese Jüngelchen wollten keine Ordnung. Die Polizei hatte keine andere Wahl, als ihnen Anstand und Manieren reinzuprügeln. Ich wollte nicht mitmachen, aber wie ich die Kollegen gesehen habe, da ist es mit mir durchgegangen.«

Und nach einer langen Pause:

»Stell' dir vor, nach Mitternacht lärmten die immer noch mit ihrer Beatmusik und hüpften dazu wie wild mitten auf der Straße herum.«

»Nur Musik?«

»Nein, ein Stadtrat hat den Polizeipräsidenten angerufen und sich beschwert. Die Vorgänge vor seinem Balkon liefen dem gesunden Volksempfinden zuwider, hat er gesagt. Er fragte, ob wir denn mit der Situation nicht zurechtkämen. Stell' dir vor, wie peinlich das für uns war.«

»Und dann?«

»Ja, dann wurden von überall Einsatzgruppen zusammengezogen. Der Gefangenenwagen ist viermal voll zum Knast gefahren. Erst unsere Rei-

terstaffel hat da wieder die richtige Ordnung rein-
gebracht, davor hatten sie Respekt. Zwei Pferde
wurden verletzt, aber der Tierarzt hat die Wunden
mit ein paar Stichen gerichtet. Die armen Tiere.«

Maria schien verwirrt und begriff nicht, dass
Josefs nächtlicher Einsatz und Andreas' blaue Flecken zwei Seiten der gleichen Begebenheit waren.

Wochen später fasste eine überregionale Wo-
chenzeitung die Ereignisse zusammen:

> *»Weil eine Gruppe von jugendlichen Straßenmu-
> sikanten am 21. Juni 1962 nach 22.30 Uhr spiel-
> te, riefen ein Stadtrat und Anwohner der Leo-
> poldstraße in München-Schwabing nach einem
> erfolglosen Versuch, selbst für Ruhe zu sorgen,
> die Polizei. Bei dem Versuch der Polizei, die
> Gruppe aufzulösen und die fünf Musiker vorläu-
> fig festzunehmen, kam es zu Rangeleien mit den
> Halbstarken, wobei die Situation eskalierte. In
> der Nacht und an den folgenden vier Tagen kam
> es in der gesamten Umgebung in Schwabing zu
> Straßenschlachten zwischen jugendlichen Pro-
> testteilnehmern und zum Teil berittenen Polizis-
> ten. Es entstand hoher Sachschaden. Insgesamt
> wurden etwa 400 Personen festgenommen und
> einige später zu Geld- oder Freiheitsstrafen ver-
> urteilt. Die zahlreichen Anzeigen gegen die un-
> verhältnismäßige Polizeigewalt blieben zumeist
> folgenlos. Zwischen der Militanz aufseiten man-
> cher Protestierer und dem massiven Schlagstock-
> gebrauch der Polizei bestand eine gewisse Wech-
> selwirkung, sodass die öffentliche Kritik an den
> Methoden der Sicherheitskräfte laut wurde.«*

1964 – Zwei Jahre später

Knapp zwei Jahre nach den Ereignissen in Schwabing traf ich Josef (damals als ein kleiner Junge, der die großen Zusammenhänge nicht verstand) bei unserer gemeinsamen Verwandtschaft in Franken.

Onkel Josef, wie wir ihn nannten, berichtete über Milchkaffee und frischem Apfelkuchen, den er sichtlich genoss, von dem Unrecht, das ihm vermeintlich geschehen war. Man hatte ihn vom Polizeidienst freigestellt, bis zu dem Zeitpunkt, an dem alle Untersuchungen abgeschlossen seien. Nach Monaten des Wartens, in dem die Spannung es ihm unmöglich machte, auch nur eine einzige Zeichnung anzufangen, wurde er zu seiner Gerichtsverhandlung geladen.

Nach dem letzten Stück Apfelkuchen beschrieb er den Fortgang der Sitzung:

»Ich wurde wie ein Krimineller in den Saal geführt. Vor den Richter. Die wussten alles. Jemand hat mich verpfiffen und dann hat auch noch so ein Drecksack von Reporter Bilder von uns gemacht, die der Richter in der Hand hatte. Er hielt sie mir hin und fragte:

›Sind Sie der Mann auf den Fotografien?‹

Ich war klar zu sehen und hatte keinen Grund zu lügen. Und ich stehe zu dem, was ich mache.

›Ja, das bin ich.‹

Ich war nervös und empört. Wie einen Verbrecher hatten sie mich behandelt. Ich stand vor dem Kadi, aber keiner von den Rabauken, von den Ruhestörern wurde angeklagt. Ich hatte doch nur meinen Dienst verrichtet.

Der Richter fragte mich direkt:

›Herr W., die Bilder zeigen eindeutig Sie, wie Sie einen jungen Demonstranten, der schon halb am Boden liegt, mit dem Einsatzstock ins Gesicht schlagen. Darüber hinaus haben Sie den Jugendlichen in einer unzulässigen Weise fixiert. – Was sagen Sie zu dieser Anklage?‹

Dieser kleine Miesling war nur Augenblicke vorher mit einem Stuhlbein auf mich losgegangen mit der unverkennbaren Absicht, eine schwere Körperverletzung an einem Beamten zu begehen. Leider habe ich das nicht so gesagt. Ich war zu wütend; das kam aus mir raus:

›Ja, ich hätte dem Scheißkerl gerne ein paar mehr reingehauen, aber jemand hat mich von hinten festgehalten und bei meiner Arbeit behindert.‹

›Wie bitte?‹, fragte der Richter, ›sollen wir das etwa so zu Protokoll nehmen? Oder wollen Sie Ihre Aussage lieber noch einmal überdenken?‹ Und nach einer Pause: ›Sie brauchen sich jetzt nicht zur Sache äußern, wenn Sie nicht wollen‹, versuchte der Vorsitzenden zu helfen.

Nein, das wollte ich nicht und ich hab' es genau so wiederholt. Das war dem Richter zu viel. Die Sitzung endete nach zehn Minuten.

›Herr W., Sie haben, wie Sie es zur Niederschrift angegeben haben, den Demonstranten mit voller Absicht schwer und in unverhältnismäßiger Härte angegriffen, meinen Sie das tatsächlich so?‹

Ich Trottel habe gesagt: ›Ja, genau so war es!‹

Zwei Wochen später kam das Urteil mit der Post: Eine Geldstrafe und aus dem Polizeidienst entlassen. Sogar meine Pension haben mir die Schweine gekürzt.

Dabei habe ich doch nur für Ordnung gesorgt. Das war doch meine Aufgabe.«

Der große, starke Onkel Josef wurde still, bekam feuchte Augen und sah versonnen über die Reste des Apfelkuchens hinweg in die Flammen der Kerzen, die wir zur Dämmerung angezündet hatten. Es schien, als durchlebte er die Verhandlung noch einmal und haderte weiter mit dem Urteil, das er als ungerecht bewertete. Der massige, robuste Mann zitterte am ganzen Leib, und Maria, die neben ihm saß und die Geschichte schon oft gehört hatte, fingerte ein Papiertaschentuch aus ihrer Tasche. Der Vetter brachte Zwetschgenschnaps, in der wohlwollenden Absicht, Josef über sein Seelenweh zu trösten.

Monatelang hörten wir nichts von Josef, der sonst gerne mal eine fröhliche, selbstgemalte Postkarte schickte, um mit seiner Sippe in Verbindung zu bleiben. Dann, nach fast zwei langen Jahren, kamen Bilder. Josef hatte sich nach dem aufgezwungenen Ruhestand keine Tiefdruckpresse mehr angeschafft, sondern gestaltete jetzt schwermütige Holzschnitte, die er am Küchentisch schnitzte und mit spärlichem Arbeitszeug auf dünnem Papier abdruckte. Da war nichts mehr von der Leichtigkeit der frohen Tierdarstellungen von früher. Jetzt versank er in finsteren Gedanken und schuf düstere Szenen, Bilder von leidenden Gestalten und Gesichter, gezeichnet von Elend und Schmerz. Die neuen Holzschnitte schienen Szenen aus der Bibel oder der Heiligenlegende darzustellen, waren aber nicht eindeutig genug, um sie konkreten Textstellen zuzuordnen, und Josef notierte keine Titel auf den Drucken, nur Datum und Nummern: 1/50 bis 50/50.

1967/68 – Berlin

Das Land ist – wieder einmal – nervös und zerrissen, und Berlin liegt genau an der empfindlichen Bruchstelle zwischen den östlichen und westlichen Einflussbereichen, zwei Seiten, die angeblich für Gut oder Böse stehen. Berlin hat seinen eigenen Mikrokosmos, und die Konfrontation der Epoche verläuft hier entlang anderer Verwerfungslinien.

Auf der einen Seite steht die linksgerichtete politische Studentenbewegung. Diese strebt eine weitere Demokratisierung der Gesellschaft als Beitrag zur Befreiung von kapitalistischer Ausbeu-

tung und Unterdrückung an – so steht es jeden-
falls auf ihren Plakaten und Transparenten. Es
war Zeit für Änderung und um sich von den Alt-
lasten zu trennen, die zunehmend als unerträglich
empfunden wurde. Insbesondere fordern die Demonstranten die vollständige Entnazifizierung der
deutschen Gesellschaft und einen konsequenten
Antifaschismus, denn immer mehr Altnazis waren
wieder zu Amt und Würden gelangt, wurden enttarnt, aber dennoch nicht zur Verantwortung gezogen.

Auf der anderen Seite ist da das Bürgertum,
die Bourgeoisie, die von der Presse, vor allem von
dem einflussreichen Axel-Springer-Verlag eine
Stimme bekommt. Die Presse polemisiert mit ver-
balen Nebelkerzen gegen die Ziele der Studenten
und versucht, die durchaus berechtigten Anliegen
als juvenile Auflehnung und mit nebensächlichen
Teilthemen wie sexuelle Freizügigkeit oder Ha-
schischkonsum abzuwerten. Eine Zeitung ätzt
dazu:

> »Sozialistische Studenten, die einst geprügelt
> wurden, schleudern jetzt offensiv Pflastersteine.
> Sie, die sich endlich von deutscher Obedienz be-
> freit haben, nutzen das von ihnen reklamierte
> ›kritische Bewusstsein‹, um das zu zerstören,
> was ihnen als faschistisch gilt.«

Aus der Sicht der Bewegung sind Ost und West
keineswegs nur schwarz und weiß, gut und böse,
ihre Weltsicht ist differenziert und gelegentlich
skurril. Sie richtet sich sowohl gegen den Viet-

namkrieg[33] und die Notstandsgesetze[34] als auch gegen »die stalinistischen Bürokratien des Ostblocks«, die sie alle nur als die »verschiedenen Glieder der weltweiten Kette der autoritären Herrschaft über die entmündigten Völker« einordnet.

Die Denkweise in der Szene ist oft vage und verschwommen, und das nicht nur, weil umstrittene Gurus wie Tim Leary Drogen zur Erweiterung des Bewusstseins propagieren, sondern auch, weil die Bewegung selbst so weit gefächert ist, dass man von verschiedenen kulturellen Strömungen (Kommunarden, Hippies, Gammler, Aussteigern, Weltverbesserern u.v.m.) sprechen könnte, die untereinander einige gemeinsame Berührungspunkte haben.

Die Vielschichtigkeit der Ziele der jugendlichen Bewegung ist schwer zu fassen. Alle Strömungen verband mit der Studentenbewegung, dass sie sich gegen alles Althergebrachte richtet: Ordnung, Obrigkeit, Tradition – und etwas Neues will, was mit Freiheit nur diffus beschrieben werden kann.

Sie verbindet die schroffe Ablehnung des Vietnamkriegs, was wiederum mit der populären Musik der kulturdominanten US-Amerikaner kontrastiert: Der Okie-Country-Sänger Merle Haggard ist dezidiert für Staat und Krieg und wird (deswegen?) gerne vom amerikanischen Soldatensender AFN zur besten Sendezeit gespielt, während Stunden später Country Joe & the Fish mit ihrem historischen »Anti-Vietnamkrieg Song«, der in Deutschland kaum rezipiert wird, die Frage stellen: »*What are we fighting for?*«. In den USA wird die Amalgamation der »Hippie Kultur« mit dem Widerstand dem Mainstream spätestens mit den Berichten und dem Film vom Woodstock-Festival bewusst, denn bis dahin beschäftigen andere Themen wie das Wettrennen zum Mond und Rassenunruhen, deren Höhepunkt der Mord an Martin Luther King ist, das öffentliche Bewusstsein.

In Deutschland gehen die Demonstranten in praktischen »Nato Parkas« aus dem *Second-Hand-*Laden oder im M65-*Field-jacket* amerikanischer Soldaten zu den Kundgebungen und stehen dabei in Berlin und anderswo Polizisten gegenüber, die ihre Köpfe mit Tschakos[35] aus dem 19. Jahrhundert bedeckt halten; ein groteskes Zusammentreffen militärischer Symbole. Zum Parka oder zur Kampfjacke trägt der progressiv gekleidete Protestler ein kariertes arabisches Kopftuch, eine Kufiya, deren Bedeutung und Funktion sich im Laufe der Zeit von der praktischen Schutzbedeckung der Augen bei Wüstenstürmen zu einem Freiheitssymbol der Palästinenser gewandelt hat, und auch beim Straßenkampf in Berlin – mit Zitronensaft beträufelt – einen zeitweiligen Schutz gegen das Tränengas der Polizei bietet. Interessanterweise ist die schwarze Baskenmütze, wie bei Che Guevara (spätestens seit etwa 1830 auch ein Symbol mit nationalpatriotischer Bedeutung im Baskenland) bei den Studenten nicht populär. Man mag spekulieren, dass es an der Ähnlichkeit mit den Barrets der *Légion Etrangère* liegen könnte.

Die Uniform der Münchener Polizei kannte keine Tschakos, und Josef trug zum Dienst die grüne Schirmmütze, eine, die extra für seinen Quadratschädel bestellt werden musste; was ihm das augenzwinkernde Grinsen seiner Kollegen eintrug. Josef hasste Uniformen und – für einen Münchener Staatsdiener ungewöhnlich – verachtete bayrische Trachten. Er war der Ansicht, dass die Krachlederne und das Dirndl nur ein Fantasiebild irgendwelcher Alpenbauerntrachten seien und von der Wittelsbacher Obrigkeit zwecks Hebung des bayrischen Nationalgefühls verordnet worden war. Josef trug in seiner freien Zeit und bei seiner Arbeit mit Holz oder Farben ein Finkenwerder Fischerhemd[36], das er – nicht ganz zu Unrecht – für die klassische Arbeitskleidung fränkischer Winzer hielt.

Mit tiefem Misstrauen registriert die Bewegung die neu geformte Große Koalition der wichtigsten Parteien, was einer Abschaffung der Opposition gleichkommt, und befürchtet, dass so das Grundgesetz ausgehebelt werden und die Regierung in Bonn mit Kriegs- und Sonderrechten durchregieren könnte. In der Reaktion darauf bildet sich die »außerparlamentarische Opposition«[37] (APO).

Die Studentenbewegung hat einen eloquenten Sprecher, und das System wehrt sich mit allen Mitteln: Rudi Dutschke, der so gut agitiert, dass ihn die Presse als »Rädelsführer« und »Initiator der Krawalle« bezeichnet. Aber nur wenige verstehen wirklich, was Dutschke vorträgt, zu verquast und verschachtelt sind seine schier endlosen Satzkonstruktionen. Es ist einfacher, eine Zusammenfassung seiner Reden zu lesen. Aber Rudi hat das, was Andreas fehlt: Er kann mit Sprache umgehen, und er setzt sie für seine Zwecke und für die Ziele der Bewegung ein. Andreas, wie man später während seines Prozesses anhören muss, benutzt nur leere Versatzstücke aus Rudis Sprachschatz. Die Abfolge seiner Argumente bleibt oft ohne Sinn, die Aussage ist am Ende nur unzureichend.

Dutschke ruft, Mao zitierend, zum »Langen Marsch durch die Institutionen[38]« auf und die Bewegung erreicht letztendlich über die nächsten zehn Jahre einen längerfristigen kulturellen Wertewandel, der damals utopisch erschien, aber heute als gegeben angesehen wird.

Rudi Dutschke[39], der Wortführer der Bewegung, wird in Berlin mitten auf dem Ku'Damm von einem »Unbeteiligten« mit der Pistole niedergeschossen, erleidet schwere Hirnverletzungen und stirbt zehn Jahre später an den Folgen des Attentats.

Mit diesem Mordversuch am 11. April 1968 beginnen Zerfall und Radikalisierung der 68er Studentenbewegung, aus der dann unter anderem die zentralistischen K-Gruppen, aber auch die linksterroristische Rote Armee Fraktion, RAF hervorgehen.

Erzeugt Gewalt die Gegengewalt?

Maria hatte ihren Andreas, den Anderl, wie sie ihn heimlich nannte, nie vergessen; nicht den Mann und nicht die heißen Wochen damals im Sommer in Schwabing, nicht die frohen Stunden im Biergarten und nicht die Nächte, die sich nur in ihrer Fantasie zugetragen hatten. Mit Interesse verfolgte sie in der Zeitung seine zunehmend extremere revolutionäre Laufbahn.

Andreas war auf den Bildern von einer Demo in Berlin zu sehen, bei der die Polizei zu Pferde (eines verendete, nachdem es von einer Stahlkugel aus der Zwille am Kopf getroffen worden war) und persische Ausländer mit Holzlatten auf demonstrierende Studenten losgegangen waren[40]. Die Regierung hatte eine Kompanie des persischen Geheimdienstes in das Land gelassen, um bei dem Besuch des Schahs, dem von Amerika eingesetzten Machthaber Persiens, für Sicherheit und Ordnung zu sorgen, eine Ordnung, die den Herrschenden wichtiger war als das Recht. Der Schah selbst war danach nur noch knapp 12 Jahre im Amt, bevor er seinerseits von einem schiitischen

Kleriker und seiner Revolution aus dem Amt vertrieben wurde.

Die Straßenschlachten mit Steinen und Trä-
nengasgranaten waren das Gegenteil von Ordnung. Einer, der nur zur falschen Zeit am falschen
Ort war, wurde von einem Polizisten aus nächster
Nähe erschossen:

> *Der gewaltsame Tod des Studenten Benno Oh-
> nesorg[41] durch einen Polizisten bei der Demons-
> tration am 2. Juni 1967 in West-Berlin trug we-
> sentlich dazu bei, dass sich die westdeutsche
> Studentenbewegung ausbreitete und radikali-
> sierte. Bennos Todestag gilt als Einschnitt der
> westdeutschen Nachkriegsgeschichte mit weit-
> reichenden gesellschaftspolitischen Folgen.*

»Die Gewalt kommt aus den Gewehrläufen«,
(nach B. Brecht) das wusste ich noch aus der
Schule; in diesen Tagen kam sie aus einer Polizei-
pistole und von ganz gewöhnlichen Dachlatten.

»So muss es damals in Schwabing zugegangen
sein«, dachte Maria. Allmählich formten die neu-
en Bilder ihre Vorstellung von der Vergangenheit.

Dabei rissen die schlechten Nachrichten für
Maria nicht ab. Andreas, der Junge, und seine
neue Freundin, Gudrun[42], die obendrein drei Jahre
älter war als er, wurden landesweit von der Polizei gesucht, denn Andreas hatte inzwischen nicht
nur Polizisten verprügelt, sondern – so stand es in

den Zeitungen – ein Kaufhaus angezündet[43] »um das Volk zu befreien«, eine Begründung, die ihr nicht einleuchtete.

»Warum muss er so was Schlimmes tun?«

Sie verdächtigte die schwäbische Pfarrerstochter.

»Hat diese Gudrun den Teufel im Leib?«

Marias Beichtvater hatte sie schon zu Schulzeiten, bei den Exerzitien auf dem Land, vor den Evangelen und den Lutheranern gewarnt. Von denen ginge nichts Gutes aus, hatte er ihr ins Gedächtnis geschrieben.

Maria stellte sich gegen den Gedanken, dass der goldige Praktikant jetzt so hundsgemein geworden sein sollte. Bestimmt hatten die Menschen oder die Polizisten ihm Furchtbares angetan, denn kein Mensch ist nur böse, glaubte sie, schloss Andreas in ihr tägliches Abendgebet ein und bat ihren Herrgott um seinen Schutz. In der Nachtkommode verwahrte sie Zeitungsausschnitte mit Bildern, die Andreas bei einer Polizeiaktion in Berlin zeigten, kaum bekleidet, mit blanker, behaarter Brust, brutal von Polizisten festgehalten[44] und mit dem Knüppel bedroht, sein Gesicht in Wut und Schmerzen – verblüffend ähnlich den gequälten Gestalten in Josefs Holzschnitten.

»Die Dinge sind nicht immer so, wie sie scheinen.«

Das mutmaßte schon Phaedrus, ein Dichter im alten Rom. Die Menschen in der Zeit des Aufbruchs, der Studentendemos und Apo auch nicht. Die Bedeutung zweier Personen hat mich besonders verwundert, denn erst jetzt, im Rückblick, kann ihre Rolle halbwegs richtig eingeordnet werden.

Da ist zunächst der Herr H. Mahler[45], ein ehemaliger Verbindungsstudent, der in der Zeit um 1961/62 als kleiner Rechts(!)-Anarcho Bomben gegen ostdeutsche Symbole in Berlin und der DDR explodieren ließ, was dem westdeutschen System durchaus gelegen kam, und Verbindung zu Südtiroler Separatisten pflegte. Der gelernte Rechtsanwalt schloss sich später der RAF an und wird von Zeitgenossen als Mitgründer, Zentralfigur und Denker der Terroristengruppe eingeordnet. Als Jurist, der allerlei kleine und große Kriminelle vor Gericht verteidigte, rekrutierte er den einen oder anderen für den neuen RAF-Terroristenbund – auch das war dem System recht, denn es hatte dadurch endlich einen Gegner, eine Feindfigur. Nun, es mag ja sein, dass jemand seine Weltanschauung ändert und Freunde in anderen Gruppen sucht. Aber dann, 1975, als seine Spießgesellen – wieder in Berlin – einen Politiker entführten, um den unterdessen verurteilten und inhaftierten

Rechtsanwaltsterroristen und andere Genossen freizupressen – da wollte Mahler nicht befreit werden:

»Danke, aber nein danke!«

Hatte Mahler dem Bösen entsagt und wollte sich fortan auf den rechten Weg begeben? Mitnichten! Nach seiner Entlassung wandte er sich wieder dem rechtsextremen Milieu zu; Hakenkreuze, Volksverhetzung, wieder Gefängnis. Was mag in seinem Kopf vorgehen?

Eine ganz andere, aber ebenso unglaubliche Personalie ist die des Peter Urbach[46], gelernter Rohrleger aus Schlesien, der als V-Mann des Verfassungschutzes in die RAF-Szene eingeschleust worden war. Das Pikante dabei ist die Tatsache, dass der »S-Bahn-Peter« die Anarchisten zunächst zuverlässig mit Waffen, Spreng- und Brandmitteln versorgt hat; Kampfgerät, das er anfangs selber gebastelt hatte und das später aus dem staatlichen Fundus der Bundesrepublik kam; denn solches Material illegal über die Interzonenautobahn oder per Flugzeug in die topografische Inselstadt Berlin zu bringen, war unmöglich. Als V-Mann der staatlichen Behörden war er später derjenige, der Andreas – seinem Auftrag entsprechend – bei der Polizei verpetzte, was zu dessen erster Festnahme in Frankfurt führte.

Dem geneigten Leser sei hier angeraten, einen Moment innezuhalten und den Gedanken nachzugehen, ob oder wie der Staat in Gestalt des Verfassungsschutzes oder anderer Organisationen die RAF infiltriert haben konnte, was die staatlichen Organe wussten und was möglicherweise noch immer in »nicht mehr auffindbaren« Unterlagen verborgen sein könnte.

1971 – Andreas in der Kleinstadt

Ich erinnere mich an eine persönliche Begegnung mit dem jungen Mann, dem Maria noch immer in Gedanken nachhing.

Mein Bruder und ich, wir kamen vom nachmittäglichen Führerscheinunterricht. Der Verkehrsunterricht war immer eine Unterbrechung im Lauf der Woche und ein Anlass, den wir gerne mit einem Bier nach der Schulstunde begingen. Auf dem Weg zum Wirtshausgarten die Begegnung mit dem jungen Mann, der da betont beiläufig und gemeinsam mit zwei Frauen um eine Parkuhr am Marktplatz herumstand, während alle drei in ihren engen Hosentaschen nach Kleingeld suchten, um die Parkuhr zu füttern. Sie schickten sich an, Pommes und Brathendl an der Frittenbude am Platz zum Nachtmahl zu kaufen. Die zwei Frauen sahen in ihren verknitterten Jeans übernächtigt aus und waren auffallend schlicht angezogen und ungeschminkt. Die müde *Ménage-à-trois* passte nicht zu dem Oberklassen-BMW.

Andreas und ich, wir standen uns kurz im Vorbeigehen gegenüber, und er erwiderte meinen schaugierigen Blick mit einem Augenausdruck, in dem sich Angst und Wut mit Unruhe mischten. In meiner Erinnerung sehe ich ihn wie hungriges Tier, das jeden Moment zuschnappen könnte.

Bei der Weiterfahrt der Gruppe, die wir aus sicherer Entfernung beobachteten, merkten wir, dass sie sich in unserer Kleinstadt nicht auskannten und sich mit der dicken Limousine mit dem fremden Kennzeichen in den Gassen und Einbahnstraßen nicht zurechtfanden. Wir sahen dabei einen großen Karton im halb offenen Kofferraum, eine Waschmaschine oder ein Herd. Sie hatten in der Eisenwarenhandlung eingekauft.

Wochen später veröffentlichte unsere Provinzzeitung eine kurze Notiz, die alle braven Bürger das Grauen lehrte:

»Der bekannte und von der Polizei gesuchte Terrorist Andreas B. hatte für eineinhalb Monate eine Wohnung im Villenviertel angemietet, bar bezahlt und gemeinsam mit zwei ebenfalls zur Fahndung ausgeschriebenen Frauen bewohnt.«

Das personifizierte Böse hatte die Stadt heimgesucht[47] – und keiner hat es gemerkt, obwohl die Fahndungsplakate an der Glastür des Hauptpostamtes aushingen. Die Gesuchten hatten, so berichtete die Gazette weiter, mehrmals in besseren Gaststätten zu Abend gegessen und eine teure Stereoanlage mit einer gestohlenen Kreditkarte gekauft. Erst so sei – nach der Abreise – ihre Identität bekannt geworden.

In meiner Erinnerung blieb das paradoxe Bild der Untergrundkämpfer, die landesweit Anarchie verbreiteten, Umsturz planten, Banken überfielen – aber die Parkuhr gehorsam mit Groschen aus dem eigenen Geldbeutel bedienten.

1972 – München

Andreas, der seit 1968 seine Gefängnisstrafe absaß, wird 1970 von seinen Freunden gewaltsam befreit. Seither ist er auf der Flucht und besucht mit Gesinnungsgenossen verschiedene Ausbildungslager der Palästinenserorganisation Al-Fatah, im Jemen und in Jordanien, wo er mit seinen Freunden im Umgang mit Waffen und Sprengstoff geschult wird.

Der deutsche Terrorismus wird nun international, entwickelt eine Affinität zur Sache der Palästinenser und entdeckt dabei den Antisemitismus für sich, der praktischerweise gleich mit dem globalen Kapitalismus gleichgestellt wird. Es geht nicht um Einzelheiten, sondern um ein griffiges Feindbild, gegenüber dem sich die Gruppe definieren und ihre Gewalt rechtfertigen kann.

So wie der Krieg sich verselbständigt hat und weitergezogen ist, hatte der Terrorismus in den wenigen Jahren seit 1968 seine Basis verlassen und andere Ziele gesucht.

Im Jahr 1972 wird Andreas in Frankfurt nach einem Schusswechsel mit der Polizei endgültig festgenommen und kommt in den berüchtigten Hochsicherheitstrakt des Gefängnisses in Stuttgart-Stammheim.

Knapp zwei Monate später werden in der bayrischen Landeshauptstadt – wir befinden uns mit unseren Aufzeichnungen der Geschichte jetzt wieder in München – die Olympischen Sommerspiele eröffnet. Die internationale Sportgemeinschaft in der Gestalt des IOC befand 1966, es sei an der Zeit, Deutschland eine neue Gelegenheit zur Selbstdarstellung im Kamerafokus der weltweiten Aufmerksamkeit zu bieten. Japan, die andere besiegte Weltkriegsmacht im Osten, hatte 1964 in Tokio der Welt zeigen dürfen, dass sie die Zeit des grausamen asiatischen Kolonialismus nach zwanzig Jahren hinter sich gelassen hatte.

»Heitere Spiele«, so lautet der Leitsatz für die Spiele in München, die Stadt will »Herz zeigen«. Im Englischen Garten, zwei Straßenzüge von der Münchener Freiheit in Schwabing entfernt, lassen Bogenschützen erstmals seit 50 Jahren wieder ihre Pfeile auf das Gelbe in der Zielscheibe fliegen. Das neue Farbfernsehen, 1967 in Berlin eingeführt »in der Hoffnung auf viele friedlich-farbige, aber auch spannend-farbige Ereignisse« (W. Brandt) scheint dieser Erwartung gerecht zu werden und schickt bunte Bilder medaillenbehangener, schnauzbärtiger Freistilschwimmer und hüb-

scher hochspringender Mädchen in die Welt –
Friede, Freude, Eierkuchen.

Ach, es hätte so schön werden können. Doch
am elften Tag der Spiele dringen bewaffnete Palästinenser in das Quartier israelischer Sportler
ein, wobei sie gleich zwei von ihnen tödlich ver-
letzen. Die Terroristen fordern die Freilassung
von 232 Palästinensern aus israelischen Gefäng-
nissen sowie die Freilassung von Andreas Baader
und seiner Komplizin Ulrike Meinhof und außer-
dem die des japanischen Terroristen Kōzō Okamoto[48]. Der Staat, in dieser Situation vertreten durch
die bayrische Polizei (ach wie schön, dass Josef
längst pensioniert ist!), ist den Umständen nicht
gewachsen. Sie hatte keine Erfahrung und keinen
Plan, wie man mit Terroristen verfährt; Scharf-
schützen dilettierten mit geliehenen Jagdgeweh-
ren. In der Folge verlieren im Verlauf der stüm-
perhaft versuchten Befreiung die israelischen
Sportler, die als Geiseln benutzt wurden, die Palästinenser und ein Polizist in dem nächtlichen
Durcheinander ihr Leben.

Josef und seine Frau Maria hatten kein Interesse
an dem Trubel, den die Spiele in die Stadt trugen.
Der Andrang und der Rummel, den die vielen
Fremden mit sich brachten, ihre laute Sprache
und die wilde Gestik, mit denen sie sich verstän-
digten, war ihnen genug Grund, daheim zu bleiben. Immerhin hatten sie sich ein Fernsehgerät

(Farbe!) gekauft, um sich das Getümmel sozusagen aus der Ferne anzusehen; weniger aus Interesse am Sport, sondern weil die Angebote in den Elektronikläden günstig geworden waren und weil die Nachbarn zunehmend stichelten. Sport hatte die beiden nie interessiert, sie waren nie in einem Klub, nicht gemeinsam beim Kegeln mit Freunden, nicht zum Bergwandern in den Alpen.

Trotzdem und nur um Josef eine Freude zu bereiten – sein Geburtstag war im August – hatte Maria Eintrittskarten für Schießwettbewerbe bestellt und zugeteilt bekommen, in der Hoffnung, dass diese Wettkämpfe auf sein Interesse stoßen könnten.

»Was soll ich mit dem Zeigl [Zeug]? Mein Leben lang habe ich die Schießerei gehasst, und jetzt soll ich mir das auch noch anschaun?«, soll er zu dem Geschenk gesagt haben. Maria hätte ihrem Mann mit einem billigen Aquarellkasten oder einem Zeichenblock mehr Freude bereitet. Sie kannte die Tiefen seines Herzens nicht.

Die allererste Goldmedaille ging an einen Soldaten aus Nord-Korea, der mit dem Kleinkalibergewehr und liegend am besten auf die Zielscheibe gefeuert hatte, weil er den Rat seines weisen Ministerpräsidenten, Kim Il-sung, befolgt und so geschossen hatte, als müsse er mit jeder Kugel einen Feind treffen. Die heiteren Spiele als Spiel vom Krieg. – Nein, das war nicht die Gedankenwelt des Josef W.

Die beiden suchten abends Zerstreuung im Fernsehen. Puppentheater, Zigarettenwerbung, lustiges Beruferaten und Nachrichten vom Krieg in Vietnam flackerten in abwechslungsreicher und unterhaltsamer Folge jeden Abend vor ihren Augen. Die Bilder aus Asien zeigten, wie den bösen, barfüßigen, angeblich so aggressiven, und auf Welteroberung zielenden Kommunisten auf ihren schlammigen Reisfeldern, im Regenwald oder unter Palmhütten mit jeder Bombe und jedem Kübel Napalm die Freiheit, Menschenrechte und andere westliche Werte nahegebracht wurden. Bis zum Testbild kurz vor Mitternacht. Dann richteten sich Josef und Maria zur Nacht. Nur selten erlöste sie erfrischender Schlaf von den Bildern des Tages.

1973 – Jeanne-Aimée

Meine Schulzeit zog sich hin. Immer noch ein, zwei lange Jahre bis zum Abitur, bis zur ganz großen Freiheit, die ich suchte, die ich wollte, wobei ich nicht die geringste Vorstellung hatte, was ich mit dieser neuen Freiheit dann eigentlich anstellen wollte. Etwas anderes als Schule, das Gegenteil vom Jetzt, soweit war das klar. Beruf? Ja, vielleicht, ein stabiles Einkommen, so vermutete ich, sollte die Grundlage eines ungebundenen Lebens werden.

Der Deutschlehrer hatte im letzten Jahr gewechselt. Der junge Kerl, der uns drei Jahre lang vorher mit Wissen gefüttert hatte, war nach seiner Referendarzeit an eine Problemschule zwangsversetzt worden. Er hatte uns an Ideen herangeführt, die nicht, oder wenigstens nicht so, im Lehrplan standen: C.G. Jung und Freud, Marxismus (so, wie er nicht im Lehrbuch stand) oder Geschichten aus Lateinamerika und von Castro[49] in Kuba oder von den Gemeinheiten der *United Fruit Company* in Kolumbien und Guatemala. Sein Unterricht war unterhaltsam und zeigte uns, dass man alles von zwei Seiten betrachten kann, ja sehen muss.

Der neue Herr Studienrat, gleichfalls für die kultusministeriell richtige Vermittlung von Geschichte zuständig, der uns jetzt die Welt erklärte, war kurz vor seinem Ruhestand und monologisierte über den Tyrannenmord (»Zu Dionys, dem Tyrannen, schlich Damon, den Dolch im Gewande ...«, Schiller, 1798) – ach, ewig her, jetzt unbedeutend.

Ich las während der Schulstunde einen Brief meiner lieben Freundin aus Frankreich. Ich trug immer die letzten zwei oder drei ihrer Mitteilungen in meiner Schultasche, um mich in passenden Momenten daran zu erfreuen. Ihre Briefe waren – natürlich – auf Französisch. Jeanne-Aimée, so ihr Name, war im letzten Jahr im Austausch mit der französischen Partnerstadt in unserer Schule gewesen. Sie war die Tochter einer vietnamesischen Frau und eines Franzosen, der in Algerien aufgewachsen und später als Legionär in Indochina kämpfte, hatte sie mir erzählt, um ihr asiatisches

Ausehen zu erklären. Seither beanspruchte sie einen beträchtlichen Teil meines Tagesbewusstseins. Ich musste sie wiedersehen. Egal wie, *wild horses couldn't drag me away*.

Nein, keine wilden Pferde, sondern ein alter Volkswagen-Käfer aus dem Jahr 1961 (dem Jahr, in dem die Jugend in Schwabing im Sommer den Aufstand probte) würde mich bald in den Westen, zu Jeanne-Aimée, bringen. Bedeutungslos dabei, dass so ein Volkswagen für manche Menschen noch als ein Symbol der Hitlerzeit gesehen wurde, der direkte Nachfolger des »Kraft-durch-Freude« Autos [50]. Mein Käfer hatte wenig Kraft und war in einem so desolaten Zustand, dass darin nur dann Freude aufkam, wenn die Kiste einmal einen ganzen Tag ohne Stottern lief.

Der mit dem Deutschunterricht betraute Staatsbedienstete riss mich aus meinen Tagträumen:

»Herr S., wie sehen Sie den Tyrannenmord bei Friedrich Schiller im Zusammenhang mit dem Artikel 20, Absatz 4 unseres Grundgesetzes?«

Welch ein harsches Erwachen in der Realität des Oberstufenunterrichts.

»Das ist doch der Paragraf mit dem Widerstandsrecht, oder so. Stimmt doch, oder?«

»Ja, schon, das habe ich gerade gesagt. Und sonst? Fällt Ihnen noch was zu unserem heutigen Thema ein?«

Und dann laut und in meine Richtung:

»… so sind beliebige Formen des Widerstands erlaubt, aber man muss immer jeweils das mildeste Mittel einsetzen, wenn das möglich ist.«

Der Lehrer setzte nach:

»Sie dürfen also, wenn Sie weiter auf dem Boden der freiheitlich-demokratischen Grundordnung, der FDGO, stehen wollen, nicht schießen, Mollis oder Atombomben werfen, wenn Sie dem Gegner auch einfach nur ans Schienbein treten könnten.«

»Aha!«

Ich dachte an Jeanne-Aimée (Napoleon B.: »Im Krieg und in der Liebe ist alles erlaubt.«, da ist nichts mit Verhältnismäßigkeit, nein, *the winner takes it all*). Bald, schon im nächsten Frühjahr, könnte ich zu ihr unterwegs sein.

Der Deutschlehrer mit dem Nebenfach Geschichte:

»Herr S., für Sie und für die anderen Damen und Herren, die hier wenigstens körperlich anwesend sind …«, es war seine Art Sarkasmus zu zeigen, »… ist dieser Stoff insofern von einer weiterreichender Relevanz, als dass es für Sie hier als Abiturthema drankommen könnte.«

Schweigen. Sein Rat war gut gemeint.

»Und wenn Sie jetzt aufpassen, dann können Sie ihren Notenschnitt verbessern, was Anständiges studieren, Arzt werden oder ein großes Tier in der Wirtschaft oder, wenn gar nichts klappt, wie jeder Trottel einfach in die Politik gehen.«

Und in resigniert-halblauten Ton und zu sich selbst sprechend:

»Ich versuch euch doch nur zu erklären, wie die Welt funktioniert.«

Aus dem Fenster unseres Klassenzimmers konnte ich beobachten, wie die Welt funktionierte. Man hatte von dort freien Blick auf den Sport- und Exerzierplatz der amerikanischen Garnison, dem Anwesen einer ehemaligen Wehrmachtskaserne. Meist spielten dort Kinder aus der US-Schule Baseball. Sie wurden manchmal zur Seite gescheucht, wenn wieder einmal ein Hubschrauber auf dem Rasenplatz landen wollte.

Man traf die Soldaten in der Stadt oder am Wochenende im Wald, wo die GIs mit Lastwagen herbeigekarrt wurden und beim populären Volkswandern, sie nannten es *folks marching*, einen Heidenspaß hatten. Sie und wir alle rannten zehn Kilometer im leichten Dauerlauf durch den Wald und über anliegende Wiesenstreifen und dann, am Ziel: Siegerurkunde, Bratwurst und Bier. Die internationale Verständigung ist einfach: Etwas Sport, gemeinsames Essen, und die Welt ist in Ordnung. An manchen Tagen kamen wir am Biertisch ins Gespräch: Einige waren gerade aus Vietnam, »Nam«, wie sie es nannten, zurückgekommen und erfreuten sich an allem, was »nicht Nam« war; *folks marching* half ihnen beim Vergessen. Andere wussten, dass sie bald nach dort unterwegs sein würden. Sie sahen still ihrer Zukunft entgegen; der Rauch aus ihren selbstgedrehten Zigaretten roch süß und aromatisch.

»*Vietnam – mon amour*«, war der Titel eines Buches von Peter Scholl-Latour, einem herausragenden Journalisten der Zeit, in der die journalistische Welt »durch eine Vielzahl von Wichtigtuern, Halbgebildeten und Trunkenbolden gestraft ist« (Scholl-Latour). Er beschrieb die Liebe der Franzosen zu der »Perle im Osten«, die sie spätestens 1954 verloren hatten und die diese Liebe nie erwidert hatte.

Die Sache mit Jeanne-Aimée würde anders werden. Der Sommer und meine Zeit waren gekommen, und ich zog gen Westen.

Schon auf der Autobahn, kurz hinter Frankfurt, wurde ich aus meinen Tagträumen gerissen, in denen ich mir die kommenden Wochen in bunten Farben ausmalte. Ich war in eine Rotte von Motorradrockern geraten, die irgendetwas von mir wollten oder auch nur Krawall suchten. Es hatte Zeit und Mühe gekostet sie abzuschütteln. Auch die weitere Fahrt war mühsam, und ich kam auf meiner Reise nicht so schnell voran, wie ich wollte. Die Straßen jenseits der Grenze waren in keinem guten Zustand und besser für die schaukelnden französischen Autos geeignet als für kleine deutsche Käfer.

Meine Übernachtung in Verdun war nicht vorgesehen, eigentlich wollte ich die ganze Strecke an einem Tag hinter mich bringen, aber es war inzwischen dunkel, und ich war müde geworden. Ich schlug daher mein Zelt auf, und es überraschte mich dabei, wie schwierig es war, die Spannleinen in dem steinigen Boden festzunageln. Auch am nächsten Morgen, bei Tageslicht, ist die schotterartige Mischung der Steinchen zwischen dem schütteren Rasen nicht einzuordnen, sondern nur seltsam.

Nun, wenn schon hier an so einem historisch wichtigen Ort, beschloss ich vor der Weiterfahrt den Wegweisern zu folgen, die einladend zu den Sehenswürdigkeiten der Gegend zeigten. Fort Douaumont – bitte hier entlang.

Die Gefühle, die dieser Ausflug in mir auslöste, sind für mich nicht in Worte zu fassen. Ich erlaube mir daher auf diesen Text zu zitieren:

»Es sind nicht jene Kreuze am Straßenrand, die alle Augenblicke auftauchen, dünn und dunkel. Schief und sehr müde ragen sie da aus dem Rasen, verwüstet vom vielen Wind, erschöpft von ziehenden Wolken, die Kreuze des Krieges von 1870. Schlanke junge Bäume, die man damals dazwischen gepflanzt hat, sind längst zu Bäumen mit mächtigen Ästen voll zwitschernder Vögel herangewachsen. Diese alten Schützengräben sind nicht mehr erschreckend, sie erinnern kaum noch an den Tod – wie eine Parklandschaft sind

sie schon, malerisch und lieblich, gute Erde und gutes Land.

[...]

Es ist das Schweigen. Das entsetzliche Schweigen von Verdun. Das Schweigen nach der Schlacht. Ein Schweigen ohnegleichen auf der ganzen Welt; denn bisher hat in allen Kämpfen am Ende die Natur die Oberhand gewonnen; das Leben wuchs einfach wieder aus der Vernichtung, Städte wurden wieder aufgebaut, Wälder gediehen wieder, und innerhalb weniger Monate wogte wieder junges Getreide auf den Feldern. Aber in diesem letzten, schrecklichsten der Kriege hat zum ersten Mal die Vernichtung den Sieg errungen. Hier standen Dörfer, die nie wieder aufgebaut wurden; Dörfer, von denen jetzt kein Stein mehr auf dem anderen steht. Der Boden darunter ist noch so voll von tödlicher Bedrohung, lebendiger Explosivkraft, voll von Granaten, Minen und Giftgas, daß jeder Hackenschlag, jeder Spatenstich gefährlich ist. Bäume waren da, die nie wieder ausgeschlagen haben, weil nicht nur ihre Wipfel und Stämme, sondern auch ihre tiefsten Wurzeln abgehackt, zerstört und zu Splittern zertrümmert wurden. Felder waren da, über die nie mehr ein Pflug gezogen wird, weil ihre Saat aus Stahl ist, Stahl und nochmal Stahl

[...]

Vaux, Thiaumont, Belleville, Kalte Erde, Totenschlucht, Hügel 304, Toter Mann – was für Namen! Vier lange Jahre haben sie unter dem gigantischen Geheul des Todes gelebt: heute packt ei-

nen die Endlosigkeit ihres Schweigens. Keine Cook's-Parties, keine angenehmen Tagesausflüge zu günstigen Preisen mit Besichtigungen tiefer Unterstände bei romantischem Karbidlicht können das ändern. Dieses Land gehört den Toten.«[51]

Ja, ich war da, ich habe mich umgesehen. Schweigend. Kopfschüttelnd. Ganz laut in meinem Kopf hämmerte die Frage: »Warum?!« Ich hatte meine große Kameraausrüstung dabei – und keine einzige Aufnahme gemacht. *Das* kann man nicht in Bildern fassen.

Alles Geschieße, die Granaten und eine Generation junger Männer, untergepflügt in den Schotter der Hügel, hatte keinen Frieden gesät. Vergebens.

Der Krieg war nur weitergezogen.

Betroffen und überwältigt von dem, was ich gesehen hatte, fuhr ich weiter nach Westen. Die Musik aus dem Autoradio konnte ich erst ertragen, als ich Paris hinter mir gelassen hatte, noch geschätzte zwei Autostunden bis zum Sonnenuntergang und bis ich Jeanne-Aimée (JA) wiedersehen würde.

Früher Abend. Ich möge doch hereinkommen, sagte der Mann, der JAs Vater sein musste, ein agiler Mann mittleren Alters, mit kurzem Haarschnitt und an dessen rechter Hand zwei Finger fehlten, wie ich beim begrüßenden Händeschütteln merkte. Solche Verletzungen sind typisch für

Industriearbeiter, die gefährliche Maschinen bedienen, Schreiner (wie mein Vater) oder Metallwerker, Industriesoldaten, eben. Oder eine Kriegsverletzung?

Er sah meine Befangenheit nach dem Handschlag, blickte auf seine Hand und dann in mein Gesicht – und schwieg.

»Wo kommst du her? Wo warst du? Wie war die Fahrt gewesen? Was hast du schon gesehen?«

Die Reiseroute zwischen Frankfurt und Paris ist nicht reich an Sehenswürdigkeiten, sondern über weite Strecken nur flache Landschaft, in der die Menschen ihrer Arbeit auf den Feldern nachgehen, ohne sich nach dem Durchreisenden umzusehen oder sich viel mit ihm zu unterhalten, wenn er denn anhielte. Aber auf dieser Reisestrecke war nichts, das es wert war, dafür anzuhalten. Nur Tankstellen und weit auseinanderliegende Raststätten für die Lastwagenfahrer, »*Les Routiers*«.

Außer den stummen Kriegsresten von Verdun gab es da wenig zu erzählen, was genug Stoff für eine Dämmerstundenkonversation hergegeben hätte.

»Ach ja, der Krieg, wie sinnlos ...«, sinnierte JAs Vater, nachdem er Kaffee für uns beide auf den Tisch gestellt hatte.

»Napoleon, Sedan, Verdun, Hitler, was hat der ganze Sch*** gebracht?« Er gebrauchte derbe französische Worte mit denen er seine erstaunlich soliden Geschichtskenntnisse beschrieb.

»Ja, und auch die Kolonien ...?« Ich wollte die Konversation in die neuere Zeit lenken.

»Nein, nein, *das* war anders! Meine Eltern lebten in Algerien. Sie waren dort zu Hause. Und dann? Sie wurden wie Hunde aus dem Land gejagt von diesen kommunistischen Sarrasins, den Wilden.«

Er hatte sich in Rage geredet und war für Argumente kaum mehr zu erreichen. Ich ließ es dabei bewenden. Ich war Gast in seinem Haus und Gast in seinem Land.

Wir saßen weiter schweigend beisammen. Jeanne-Aimée würde bald nach Hause kommen. Ob ich zum Abendessen bleiben wolle?

Ich verabschiedete mich für den Abend, musste ja noch ein Quartier suchen oder das Zelt aufbauen. Wir verabredeten und für den nächsten Tag zum Mittagessen. Es fand es spaßig, ein vietnamesisches Lokal auszuwählen, wo es die besten *Bánh mì* (das sind französische Baguettes mit asiatischer Füllung, eine Spezialität aus der Kolonialzeit) der ganzen Gegend gab.

Um es kurz zu machen: Das Wiedersehen mit JA verlief in vieler Weise enttäuschend, und nach drei Tagen zog ich wieder ab. *On the road again* ...

1977 – Herbst

Andreas wurde seit 1972 zusammen mit Komplizen, darunter zwei Frauen, im Gefängnis in Stuttgart festgehalten und im darauffolgenden April zu lebenslanger Haft verurteilt[52]. Seine Jünger, die noch ihre Freiheit auslebten, fuhren die letzte Ernte der mitleidlosen Gewalt ein, die Andreas gesät hatte[53]. Sie mordeten, sprengten und entführten mit menschenverachtender Grausamkeit. Wie zynisch, stand doch in einem frühen Positionspapier: »dem Volke dienen«[54], um es zu befreien. – Das Volk wies diesen Dienst zurück. Die Massen wollten nicht befreit werden, sondern sahen ihrem Urlaub entgegen, rahmten ihre Dias, mixten den ersten *Tequila Sunrise* in der neuen Kellerbar, genossen Toast Hawaii und schauderten insgeheim ob der letzten Hinrichtung mit der Guillotine in Frankreich, während sie sich über ihren neuen PAL-Fernseher freuten, der frische Bilder vom Krieg (diesmal zwischen Somalia und Äthiopien) und vom ewigen Streit zwischen Gut und Böse in die Wohnzimmer brachte, bewegt und farbenfroh.

In Deutschland hatten Andreas' Genossen eine Schlüsselfigur[55] aus der Wirtschaft entführt und seit Tagen als Geisel festgehalten. Es hatte Tote gegeben, und doch waren die Sympathien geteilt. Manche nannten den Gefangenen einen Ex-Nazi oder »die hässliche Personifizierung des Großkapitals«, so einer der RAF-Sympatisanten in einem Brief an die Presse.

Die Nerven der Staatssicherheitsorgane lagen blank und zuckten vor Schmerzen bei jeder Neuigkeit in den Fernsehnachrichten, in denen die Geisel, erbärmlich im Unterhemd, fast täglich vor einer neuen Tageszeitung von den Entführern zur Schau gestellt wurde, um den Herrschenden die Gewissheit zu verschaffen, dass ihr Mann – noch – lebte. Sie wollten verhandeln und Andreas mitsamt seinen Freunden im Austausch gegen die Geisel aus dem Knast freipressen. Der große Mann der Kapitalisten bettelte auf dem Bildschirm um sein Leben.

Die Regierung hatte diesmal klare Grundsätze: »Wir verhandeln nicht mit Terroristen.« – Basta!

Maria behielt ihren Andreas weiter in idealisierter Erinnerung. Sie hatte die Gefängnisleitung in Stuttgart mit der Bitte um eine Besuchsmöglichkeit angeschrieben. Sie wollte ihm eine geweihte Bibel schenken, die sie extra in Altötting besorgt hatte. Mit der Heiligen Schrift hoffte sie ihn zur Umkehr, zu Buße und Reue für seine Taten zu bewegen. Sie hatte an den Textstellen, die ihr wichtig erschienen, Heiligenbildchen aus ihrer Heimatkirche als Lesezeichen eingelegt. Während sie jeden Tag am Briefkasten auf eine Nachricht mit der Besuchsgenehmigung von der Gefängnisdirektion hoffte, erfuhr sie aus dem Radio, dass Andreas sich in der Haftanstalt selbst erschossen hatte, nachdem seine Kumpane erfolglos versucht hatten, ihn gegen Geiseln auszutauschen[56].

Immer wieder gingen ihre Gedanken zu dem Apostel Andreas[57], der als einer der frühen Christen ebenfalls missverstanden wurde und sein Leben als Märtyrer beenden musste. Es hat sicher seine Bewandtnis, dass beide den gleichen Namen tragen, dachte sie.

Sie erinnerte sich an das Gespräch damals im Englischen Garten, als er sagte:

»Bis zum Ende, auch wenn das mein eigenes Ende bedeutet.« War es das, was er damals im Biergarten gemeint hatte?

Fast zur gleichen Zeit

Studenten hatten vor zehn Jahren angefangen, gegen das System zu demonstrieren. Jetzt buhlten täglich vor der Mensa mit Megafonen bewaffnete Agitatoren der verschiedenen K-Gruppen, Spartakisten[58] und ein kunterbuntes, oft untereinander verfeindetes Allerlei kommunistischer Couleur um die Sympathie oder wenigstens die Aufmerksamkeit von uns Studenten:

»Genossen, es ist unser Ziel, in ganz Deutschland auf eine demokratisch-kommunistische Ordnung hinzuwirken, in der alle Menschenrechte für jeden Bürger ...«

Die anderen plärrten mit ihren verstärkten, heiseren Stimmen dagegen:

»Getreue! Die revolutionäre Situation bestimmt sich nicht dadurch, dass wir die Regierungsapparate übernehmen oder den Winterpalast stürmen[59] oder den Sturm auf die Bastille beginnen, sondern ...«

Die laut verstärkten Parolen klangen gestrig, angestaubt und überholt. Konnte es sein, dass von der Grundsee der Studentenbewegung nach zehn Jahren nur eine leichte Dünung geblieben war? War das Feuer aus Rudis Reden erloschen?

Die Presse (immer noch mit dem Hauptquartier in Berlin) behauptete, die studentischen Agitatoren seien »vom Osten bezahlt«. Nun, viel Geld hatten die vermeintlichen Sponsoren nicht für ihre Revolutionskinder ausgegeben, wenn man das billige Papier und den lausigen Druck ihrer hektografierten Handzettel betrachtete.

Ein Burschenschaftler, im vollen Wichs seiner Verbindung[60], ironischerweise derselbe Verein, dem der RAF-Denker H. Mahler früher einmal angehört hatte, suchte die Aufmerksamkeit seiner hungrigen Kommilitonen, war aber gleichzeitig froh, dass ihn kaum jemand in seiner Ecke unter der Treppe zur Studentendisco beachtete. Sein Auftritt war ihm sichtlich peinlich. Er war gekommen, um für die Mitgliedschaft in seiner anachronistischen Männerkameradschaft zu werben, um den »volkstumsbezogenen Vaterlandsbegriff«

(aus ihrer Werbung) zu erläutern und ritualisierte Saufgelage schönzureden. Er hatte kein Megafon, aber bunte Hochglanzbroschüren, die er gerne verteilt hätte.

Wir waren nur hungrig und standen in Massen für ein Eine-Mark-achtzig-Mittagessen in Dreierreihe an. Es gab Ochsenherz mit Nudeln (vornehm als *cœur-de-bœuf* auf der Tafel angeschrieben) oder den gefürchteten Hammeleintopf mit grünen Bohnen, dessen Nachgeschmack noch Stunden später am Gaumen haftete. An guten Tagen fand man Reste vom Vortag auf der Theke, übriggebliebenes von irgendeiner Feier im »Großen Saal«, Forellen oder Steaks, günstige Leckerbissen, meist nur wenige Portionen für die, die das Glück hatten, ganz vorne in der Reihe zu stehen. Wer zu spät kommt, bekommt eben alten Hammel, der böckelt. So wie im richtigen Leben.

»Erst kommt das Fressen, dann kommt die Moral.« Ich hatte über dieses Brecht-Zitat im Deutschabitur geschrieben. Für die Diskussion über die neue demokratisch-kommunistische Weltordnung, die da angeblich in ferner Zukunft locken sollte, war nach dem Kaffee, den Butterhörnchen und den *Gitanes Maïs* auch noch Zeit. Wenn überhaupt, denn das Thema war ausgelutscht und die konkurrierenden Agitatoren zupften inzwischen ihre Plakate von den Wänden und rollten sie für den nächsten Tag ein; der Morgen ist – auch wieder – rot.

Der habituelle Kaffee nach dem Mittagessen war ein Treffen mit Kommilitonen aus anderen Fachbereichen. Lehramtstudentinnen schnatterten von den »neuen Menschen«, die sie als Erzieher heranbilden wollten: Frei von Gewalt und Hass, hilfsbereit und empathisch, von innen heraus moralisch gut. Als ob die Welt immer von den falschen Menschen bevölkert, aber von den richtigen Systemen gelenkt würde.

Ein Kommilitone berichtete beim Milchkaffee enttäuscht von seinem Jurastudium:

»Bei Gericht«, so seine Einlassung, »gibt es keine Gerechtigkeit. Man bekommt nur ein Urteil!«

Ich dachte an Onkel Josef, dessen Laufbahn wegen einer Prügelei abrupt endete, und dann an den Polizisten, der Benno O. mitten in Berlin mit der Dienstpistole erschossen hatte. Er wurde mithilfe von Falschaussagen freigesprochen. Noch erbärmlicher: Vierzig Jahre später wurde bekannt, dass der Todesschütze zu der ostdeutschen Geheimpolizei, der Stasi, gehörte, ein *Agent Provokateur*, eine kleine, perfide Figur am Rande des großen Schachspiels der Machtblöcke in Berlin. Und doch hat er mit einem einzigen Pistolenschuss aus kurzer Distanz in den Hinterkopf eines völlig Unbeteiligten mehr in der Gesellschaft bewegt als Andreas und seine Kumpane mit Dutzenden von Attentaten, Morden und Bomben.

Wir Studenten der Erdwissenschaften waren, wie fast alle in den naturwissenschaftlichen Fächern, zutiefst unpolitisch und betrachteten die roten Spinner, hitzköpfige Politologiestudenten ohne berufliche Zukunftsaussicht, als unterhaltsames Beiwerk im Sozialbiotop des Universitätsbetriebes, nichts weiter.

Auf der anderen Seite des politischen Forums standen die Betonköpfe von gestern, solche wie unser ungeliebter Professor für angewandte Geologie aus der mittelfränkischen Provinz. Er ließ uns am Nachmittag, nach dem Kartenkurs, ungefragt an seiner Meinung teilhaben:

Man solle doch »einfach alle, die damit was zu tun haben«, in einem Steinbruch zusammentreiben und erschießen.

Wer sind »alle« und was bedeutet »damit zu tun« haben?

Ich war mit meinem alten Auto (immer noch ohne Kraft und ohne jede Freude) auf dem Weg von der Uni nach Hause zu unserer billigen Dachwohnung im Dorf, zwölf Kilometer auf regennasser Bundesstraße, die Gedanken pendelten zwischen der letzten Vorlesung (»... in einem Steinbruch erschießen!«) und dem erhofften warmen Abendessen.

Auf halber Strecke nach Hause wurde die Straße vor mir von Polizei blockiert, Streifenwagen mit Blaulicht und wenigstens zwei Dutzend Polizisten, die mich, wie die Autos vor mir, in eine

Gasse zu einem Parkplatz wiesen. Ich sah gleich, das war keine gewöhnliche Verkehrskontrolle (»Zeigen Sie uns bitte den Kraftfahrzeugschein!«), nein, die grünen Bullen hielten heute Maschinenpistolen im Arm und waren ihrerseits nervös und angespannt.

»Bitte stellen Sie den Motor ab und verlassen Sie langsam Ihr Fahrzeug!«

Was ist los? Was ist passiert? Aus einer Gruppe von fünf Polizisten, alle mit Maschinenpistolen im Arm, trat einer näher auf mich zu, während die anderen vier ihr Schießwerkzeug auf mich und mein Auto richteten. Unser Dialog verlief ungefähr so:

»Von wo kommen Sie und was ist das Ziel Ihrer Fahrt?«

»Ich komme von der Uni und will nach Hause. Ich wohne im übernächsten Dorf an dieser Straße.«

»Ihr Fahrzeug ist nicht aus dieser Gegend, das sehen wir am Kennzeichen. Gehört dieses Kraftfahrzeug Ihnen selbst?«

»Ja, das ist mein Auto.«

»Was haben Sie dabei, was ist im Kofferraum?«

»Nichts, nichts Besonderes.«

»Machen Sie doch bitte mal auf.«

»Da ist nur, Krempel, Werkzeug, so was halt.«

»Wir werden ja sehen.«

»Was ist das? Wozu benötigen Sie das?«

Seine Aufmerksamkeit fiel auf einen Spaten, an dem Erde hing, einen Hammer und eine lange Stange, die durchaus ein Gewehrlauf hätte sein können, aber tatsächlich ein Instrument war, um Bodenproben zu nehmen. Daneben kleine weiße Säckchen, nummeriert und mit roter Erde beschmiert. Ich hörte das Knacken einer Maschinenpistole hinter meinem Rücken.

»Was ist das?«

»Erde. Eine Probenserie aus den Oberen Röt-Tonen der Trias ...«

»Wozu brauchen Sie das?«

Unser Dialog wurde von einem weiter entfernt stehenden Polizisten unterbrochen, der seinem Kollegen zurief:

»Lass ihn fahren, der hat nichts damit zu tun.« Ich dachte an das Pauschalurteil des Profs, »damit zu tun haben«, was auch immer das jeweils bedeuten mochte.

Ich wurde zur Ausfahrt des Parkplatzes gewinkt, und mir wurde bedeutet, sofort weiterzufahren. Mein Weg nach Hause war von hier aus kurz, eine Viertelstunde.

Wir wohnten im Dachgeschoss eines dreistöckigen Eckhauses. Eine Seite des Gebäudes zeigte mit der Fassade zur Bundesstraße, zwei andere Seiten zu einer Gasse und zum Garten. Im Erdgeschoss wohnten Musikstudenten (Piano und Kontrabass), langhaarig, aber klassisch orientiert. Der

Pianist übte seit Wochen Mahlers Kindertotenlieder für seine Abschlussprüfung. Darüber – alternativ – eine Rockband, bunt, laut, aber harmlos. Die elektrisch angetriebene Band bestand im Gegensatz zu den skurrilen Klassikern im Parterre nicht aus Lederjacken-Rockern, sondern kreuzbraven Lehramtsstudenten, die auf eine feste Anstellung im Staatsdienst hinarbeiteten und sich ihren Frust einstweilen mit Musik vertrieben, die allerdings von außen gelegentlich als störend empfunden wurde.

Und da war sie wieder, die Polizei.

Eine Einsatzgruppe hatte das Haus umstellt. Einer plärrte mit dem Megafon gegen die Hauswand:

»Verlassen Sie sofort – einzeln und mit erhobenen Händen – das Haus!«

Die dringende Anweisung hallte von der Hauswand durch das Dorf.

»Kommen Sie heraus! Jetzt!«

Ich wartete relativ unauffällig im geparkten Auto und musste ansehen, wie die Klassiker und die Lehramtsrocker, einer nach dem anderen, vor die Haustüre traten und von der Polizei »behandelt« wurden.

Ein Nachbar, ein pensionierter Polizist, hatte das Haus als »verdächtig« gemeldet, die Bewohner verpfiffen, und die uniformierte Staatsgewalt war sofort mit all ihrer Macht angerückt, um Ordnung herzustellen.

Wir alle, die in dem Haus wohnten, waren doch keine Revolutionäre, stellten die Uniformierten fest. Die Polizisten packten ihre Lautsprecher und Maschinenpistolen wieder in die Einsatzfahrzeuge. Sie schienen es zu bedauern, heute keine Terroristen fangen zu können, die sich durch lautes Musizieren selbst enttarnt hatten.

Und wieder war es Musik, wieder ein fieser Nachbar, der wegen lauter Musik nach »Ordnung« gerufen hat. Die Szene vor unserem Haus erinnerte mich an das, was ich über den Anfang des Terrorismus und die Schwabinger Krawalle wusste.

Hatte sich denn immer noch nichts geändert?

Nach dem Ende

Josef, der Polizist, ist vor einigen Jahren seiner Krankheit erlegen. Seine Leber war von den Lösungsmitteln, die er bei der Arbeit gebrauchte, zerfressen, Heilung aussichtslos.

Im Gegensatz zu den Zoobildern und Portraits aus dem Gefängnis, von denen er damals als Polizeimann kein einziges verkauft hatte und die er an Freunde und Fremde verschenkte, waren die neuen Holzschnitte mit den finsteren Bibelthemen mithilfe eines Galeristen wirtschaftlich unerwartet erfolgreich. Aber Josef hatte keine Freude an dem Erfolg, das Geld bedeutete ihm nichts, denn er litt jetzt an einer langsam schleichenden Krankheit, die seine künstlerische Schaffenskraft zunehmend erstickte. Maria verließ mit dem extra Einkommen ihre langweilige Putzarbeit, langweilte sich aber dafür zu Hause, wo die Fürsorge für Josef ihre einzige Aufgabe war.

Heute, nach sechzig Jahren, sehe ich im Internet das eine oder andere signierte Blatt aus Josefs Œuvre, das auf einer Auktion zum Verkauf angeboten wird. Ich bedaure, dass kein Kunstsammler die Seele des in sich gekehrten Josef W. kennt, der Zeit seines Lebens mehr Verständnis verdient hätte, anstatt nur als Hau-drauf-Bulle abgetan und aus dem Dienst entlassen zu werden. Einer wie er hätte mehr Platz in unserer Erinnerung verdient als der gedungene Demonstrantenmörder von Berlin.

Was ist aus den bösen Terroristen geworden, aus denen, die die Zeit überlebt haben, die in der Mühle des Justizvollzugs ihre Jahre verbrachten oder untertauchten und ein Leben in der Angst führten, jederzeit enttarnt zu werden? Einige waren – der Feind meines Feindes ist mein Freund – wie Verena Becker oder Susanne Albrecht in der DDR untergeschlüpft und gingen dort unter dem Argwohn *und* der Unterstützung der erstaunlich bourgeoisen Stasi irgendeiner belanglosen Erwerbstätigkeit nach und lebten ein unauffälliges Leben, solange es nötig war.

Sie sind alle wieder da, nur anders als damals: Als nette Opas mit Ohrring und Strickweste oder als Omas mit Lachfältchen in den Augenwinkeln, die ihre Strafen abgesessen haben. Sie beleben kulturaffine Fernsehprogramme, bilden den Mittelpunkt von *Talk shows,* oder schreiben Bücher, in denen sie jetzt auch noch alles erklären wollen.

»Eigentlich war alles anders«, sagen die einen, »der Staat hat doch schon vorher alles gewusst«, sagen andere. Es gibt nur wenig, was inzwischen klarer geworden ist und es sind neue Fragen dazugekommen.

Nochmal: »Geschichte ist die Lüge, auf die man sich geeinigt hat«, hatte Voltaire mal geschrieben.

Kaspar Eduard Schech

Glossar

Glossar

1   **Entartete Kunst** war während der nationalsozialistischen Diktatur in Deutschland der offiziell propagierte Begriff für die von ihnen diffamierte Moderne Kunst. Der Begriff Entartung wurde Ende des 19. Jahrhunderts von der Medizin auf die Kunst übertragen. Als ›Entartete Kunst‹ galten alle Kunstwerke und kulturellen Strömungen, die mit der Kunstauffassung und dem Schönheitsideal der Nationalsozialisten, der sogenannten »Deutschen Kunst«, nicht in Einklang standen: Expressionismus, Dadaismus, Neue Sachlichkeit, Surrealismus, Kubismus oder Fauvismus. Darüber hinaus wurden alle Werke von Künstlern mit jüdischem Hintergrund grundsätzlich als entartet eingeordnet.

2   Die Münchner oder **Bayerische Räterepublik** wurde am 7. April 1919 in München ausgerufen und stellte den etwa vier Wochen währenden Versuch dar, im kurz zuvor gegründeten Freistaat Bayern eine sozialistische Räterepublik zu etablieren. Die Ausrufung des bayerischen Freistaats war im Zuge der Novemberrevolution erfolgt, die ab Anfang November 1918 mit dem Ende des Ersten Weltkriegs einhergegangen war und das ganze Deutsche Reich erfasst hatte.

3   Eine wichtige Bezugsperson war sein Onkel, der Tänzer und Schauspieler Michael Kroecher, zu dem er auch als Erwachsener lange Kontakt hielt. Obwohl er als begabter Junge galt, versagte er in der Schule: **Baader wurde wegen undisziplinierten und gewalttätigen Verhaltens von mehreren Schulen verwiesen**. Unter anderem war er 1956 am renommierten Maximiliansgymnasium München, erreichte aber das Klassenziel nicht und verließ die Schule. Schließlich bezahlte ihm seine Mutter den Besuch einer Privatschule, wo er seine Schullaufbahn mit der Mittleren Reife beendete. Er begann keine Berufsausbildung, sondern zeichnete und töpferte und entwickelte eine Leidenschaft für schnelle Fahrzeuge, die er stahl und mit denen er sich diverser Verkehrsdelikte schuldig machte. Da er sich weigerte, den Führerschein zu machen – eine symptomatische Auflehnung gegen die Autoritäten –, geriet er wiederholt mit der Polizei in Konflikt.

4   Dem entgegen wollten viele Frauen, angesichts ihrer wirtschaftlichen Lage auf keinen Fall schwanger werden. Tipps zur **Familienplanung** waren gesucht und hilfreich. Es beginnt

der Verkauf einer Verhütungsbroschüre für 50 Pfennig, der »Schrift X«. Das Geld wird zum Startkapital einer Firma, die Kondome und Sexartikel im Katalog führt. Die Firma **Beate Uhse** wächst erfolgreich, wird aber wegen des »Unzuchtsparagraphen« (§180 StGB) angegriffen. Erst 1962 war die Zeit reif, das erste Geschäft für »Ehehygiene« zu eröffnen.

5   Am 18. April 1955 eröffnete der indonesische Präsident Sukarno die **Asia-Afrika Konferenz**. In seiner Ansprache betonte er, dass die Konferenz »die **erste interkontinentale Konferenz farbiger Völker** in der Geschichte der Menschheit« sei. Die vergangenen Jahre hätten enorme Veränderungen mit sich gebracht. Nationen und Staaten seien »aus einem jahrhundertelangen Schlaf aufgewacht« und die Menschen seien nicht mehr passiv, sondern forderten aktiv ihre Rechte ein. Die Konferenzteilnehmer kämen zwar aus einem unterschiedlichen sozialen, kulturellen und religiösen Hintergrund, seien aber vereint in der **Ablehnung des Kolonialismus und Rassismus** und hätten das gemeinsame Ziel, den Frieden in der Welt zu erhalten und zu bewahren. Die wirtschaftliche und politische Macht der Völker Afrikas und Asiens sei zwar schwach, aber die asiatisch-afrikanischen Völker hätten vereint eine moralische Autorität und könnten ihre Stimme für Frieden und Toleranz in der Welt erheben. Die Leiter der Delegationen kamen überein, die Agenda in fünf Themen zusammenzufassen: (1) wirtschaftliche Zusammenarbeit, einschließlich der friedlichen Nutzung der Kernenergie (2) kulturelle Zusammenarbeit, (3) Menschenrechte und das Selbstbestimmungsrecht – unter diesem Punkt sollten auch das Palästinaproblem und das Problem des Rassismus diskutiert werden, (4) das Problem abhängiger Völker – darunter sollten auch Tunesien, Marokko und Algerien diskutiert werden, und (5) die Förderung des Weltfriedens und der weltweiten Zusammenarbeit – hierunter sollten das Problem nuklearer Massenvernichtungswaffen und Abrüstung besprochen werden.

6   **Hồ Chí Minh** (* 19. Mai 1890; † 2. September 1969) war ein vietnamesischer kommunistischer Politiker, Premierminister und später Präsident der Demokratischen Republik Vietnam. Nach mehreren Stationen im Ausland, darunter Paris und Moskau, gehörte Hồ Chí Minh 1930 in Hongkong zu den **Gründern der Kommunistischen Partei Indochinas**, aus

der später die Kommunistische Partei Vietnams hervorging. 1941 wurde er in Vietnam zum Anführer der neu gegründeten Việt Minh, die im Zweiten Weltkrieg gegen die japanischen Besatzer und die vichy-französische Kolonialmacht kämpfte, die mit den Japanern kollaborierte. Auch nach der Ausrufung der Unabhängigkeit am 2. September 1945 ging der Kampf um die wirkliche Unabhängigkeit Vietnams weiter.

7   Mit dem Ende des **Besatzungsstatuts** am 5. Mai 1955 und Verkündung der Souveränität der Bundesrepublik Deutschland wurden die verbliebenen alliierten Vorbehaltsrechte in Westdeutschland von den jeweiligen Botschaftern wahrgenommen.

8   **Allen Welsh Dulles** (* 7. April 1893; † 29. Januar 1969) war von 1953 bis 1961 Direktor der CIA. Als deren Chef war er maßgeblich für die **Regierungsumstürze** im Iran und in Guatemala, die Invasion in Kuba und den Mord an Patrice Lumumba, dem ersten demokratisch gewählten Regierungschef des Kongos, verantwortlich. Dulles war der jüngere Bruder von John Foster Dulles, der ab 1953 Außenminister der Vereinigten Staaten wurde.

9   Der **sowjetische Auslandsnachrichtendienst** begann alsbald mit der Durchführung von **Morden** an Mitarbeitern der Station in München. Im September 1954 wurde der weißrussische Schriftsteller Leonid Karas tot in der Isar aufgefunden. Im November desselben Jahres wurde Abdulrachmann Fatalibey, der Leiter der aserbaidschanischen Abteilung von *Radio Liberty*, ermordet.

10 Der **Schmied von Kochel** ist eine Sagengestalt aus der bayerischen Geschichte, der vor allem in Oberbayern als Volksheld angesehen wird. Nach der Legende soll er Soldat im Großen Türkenkrieg gewesen sein un nur mit einer Stange bewaffnet, soll er das Stadttor von Belgrad eingerammt haben. Manche sehen in ihm den Wilhelm Tell von Bayern.

11 Seit 1951, auch bekannt als **Bereitschaftspolizei**, heute teilweise kongruent mit dem Bundesgrenzschutz. Ende der 1960er Jahre wurden die Bereitschaftspolizeien umstrukturiert und der Ausbildungsschwerpunkt verlegte sich, bedingt durch die Unruhen von 1967/68, auf den Einsatz bei **Demons-**

trationen mit gewaltbereiten Teilnehmern.

12   Die **Berliner Mauer** war während der Teilung Deutschlands
ein Grenzbefestigungssystem der Deutschen Demokratischen
Republik (DDR), das mehr als 28 Jahre, vom 13. August 1961
bis zum 9. November 1989, bestand, und die DDR von West-
Berlin trennte. Die Berliner Mauer ist von der ehemaligen in-
nerdeutsche Grenze zu unterscheiden. Die Mauer trennte
nicht nur die Verbindungen im Gebiet Groß-Berlins zwischen
dem Ostteil (»Hauptstadt der DDR«) und dem Westteil der
Stadt, sondern umschloss alle drei Sektoren des Westteils voll-
ständig, war Bestandteil und zugleich **Symbol des Konflikts**
zwischen den Westmächten und dem Ostblock unter Führung
der Sowjetunion.

13   Das Versandhaus Neckermann nahm im Jahr 1954 die **Jeans**
erstmals ins Programm auf, mit dem Slogan »Eine praktische,
unentbehrliche Mehrzweckhose, die von Tag zu Tag mehr
Freunde gewinnt«. Das Damenmodell der Jeans wurde erst im
nachfolgenden Jahr im Katalog angeboten.

14   Die **Kubakrise** im Oktober 1962 war eine militärische Konfrontation zwischen den USA und der UdSSR. Die Situation
eskalierte, als sowjetische Mittelstreckenraketen auf Kuba
entdeckt wurden, die die östlichen USA unmittelbar bedroh-
ten. Mit der Kubakrise erreichte der Kalte Krieg eine neue Di-
mension. Beide Supermächte kamen während dieser Krise einer direkten militärischen Konfrontation und somit einem
Atomkrieg nahe. Erstmals wurden dessen ungeheure Gefahren einer breiten Öffentlichkeit bewusst.

15   **J.F. Kennedy**, 26. Juni 1963 in Berlin: »Alle freien Menschen,
wo immer sie leben mögen, sind Bürger Berlins, und deshalb
bin ich als freier Mensch stolz darauf, sagen zu können: Ich
bin ein Berliner!« (»*All free men, wherever they may live, are
citizens of Berlin, and, therefore, as a free man, I take pride in
the words: Ich bin ein Berliner!'«*)

16   Bei dem **Attentat auf John F. Kennedy** wurde Kennedy am
22. November 1963 in Dallas von zwei Gewehrschüssen tödlich getroffen. Als Tatverdächtiger wurde Lee Harvey Oswald
verhaftet und zwei Tage später in Polizeigewahrsam von dem
Nachtclubbesitzer Jack Ruby getötet. Ein Untersuchungsaus-

schuss des Repräsentantenhauses stellte fest, es habe wahrscheinlich mehrere Täter bei dem Attentat gegeben. Die Frage wird allerdings bis heute kontrovers diskutiert und polarisiert die Öffentlichkeit nachhaltig.

17 Neben den beiden **Atombomben** in Hiroshima und Nagasaki zündeten die USA alleine zwischen dem 16. Juli 1945 und dem 4. November 1962 insgesamt 215 weitere Atombomben. Davon wurden fünf unter Wasser getestet, 210 explodierten in der Atmosphäre, meistens in der Wüste von Nevada, aber auch auf Atollen im Pazifik. Anfang der 1960er Jahre bestimmte das atomare Wettrüsten als Strategie der Abschreckung den Kalten Krieg. Alleine im Jahr 1962 fanden knapp 180 Atombombentests statt. Es kam zur **weltweiten nuklearen Verseuchung durch den *fall-out* der Bomben und zu negativen gesundheitlichen Folgen.** Radioaktive Isotope wurde in den Milchzähnen Münchner Schulkinder nachgewiesen.

18 Der Ausdruck **Geigerzähler** bezeichnet fachsprachlich das Geiger-Müller-Zählrohr. Umgangssprachlich ist damit ein Strahlungsmessgerät, egal welcher Bauart, gemeint.

19 Die **französischen Kernwaffentests in Algerien** fanden von 1960 bis 1966 statt. In den Verträgen von Évian vom März 1962, mit denen Algerien die Unabhängigkeit erlangte, wurde der *Force de dissuasion nucléaire française* gestattet, die Testeinrichtungen für Raketen und Kernwaffen noch fünf Jahre zu nutzen. Insgesamt wurden siebzehn Kernwaffentests durchgeführt, davon vier oberirdisch (in Reggane) und dreizehn unterirdisch (in In-Ekker).

20 1962: Herstellung von 300.000 integrierten Schaltkreisen für das Minuteman-2 Raketenprogramm, eine zweite Generation interkontinentaler Atomraketen, durch die Firma **Texas Instruments**.

21 **Napalm** ist eine Brandwaffe mit dem Hauptbestandteil Benzin, das mithilfe von Zusatzstoffen geliert wird. So wird erreicht, dass Napalm als zähflüssige, klebrige Masse am Ziel haftet und eine starke Brandwirkung entwickelt. Bereits kleine Spritzer brennenden Napalms verursachen schwere und schlecht heilende Verbrennungen. Wegen seiner hydrophoben

Eigenschaften kann Napalm nicht mit Wasser gelöscht oder von der Haut abgewaschen werden. Je nach Zusammensetzung erreicht es eine Verbrennungstemperatur von 800 bis 1200 °C. Die US setzten während des Konfliktes nahezu 400.000 Tonnen Napalm ein. Der Einsatz erfolgte meist durch Jagdbomber im Tiefflug gegen Flächenziele.

22   Wostok 1 war **der erste bemannte Weltraumflug**. Mit dem sowjetischen Kosmonauten **Juri Gagarin** gelangte am 12. April 1961 erstmals ein Mensch in den Weltraum. Gagarin startete an Bord eines Wostok-Raumschiffs und landete nach einer vollständigen Erdumkreisung. Der Flug gilt als Meilenstein des Wettlaufs ins All zwischen der UdSSR und den Vereinigten Staaten. Der erste bemannte Orbitalflug der USA mit dem Astronauten John Glenn erfolgte erst zehn Monate später, im Februar 1962.

23   **»Feind hört mit!«** war eine innenpolitische Kampagne im Deutschen Reich vom 1. September 1939 bis Ende des Zweiten Weltkriegs zur Abwehr von Spionage und Sabotage und zur Sensibilisierung der eigenen Bevölkerung für die Folgen »unbedarfter und geschwätziger Kommunikation« in der Öffentlichkcit.

24   Die **Bürgermorde von Altötting** waren ein Verbrechen an Altöttinger Bürgern in den letzten Tagen des Zweiten Weltkriegs, bei denen fünf Bürger am 28. April 1945 standrechtlich erschossen wurden, während zwei andere durch Suizid starben. Sie hatten versucht, ihre Heimatstadt von der NS-Herrschaft zu befreien, um damit eine Zerstörung durch die heranrückenden US-Truppen zu verhindern.

25   Der **musikalische Expressionismus** entstand um 1910 und ist stilistisch durch die vermehrte Verwendung von Dissonanzen auffällig. Ebenso wurden neue Tonsysteme eingeführt. Es entstehen neue Klangfarben, unruhige Melodielinie, freie Rhythmik usw. Den Expressionismus zeichnet u.a. die Polytonalität und die oft aggressive Wirkung aus, denn die Musik des Expressionismus verzichtet auf Wohlklang, wie es noch in der romantischen Tonsprache üblich war.

26   Das **Freikorps** Epp war ein militärischer Verband aus Freiwilligen und Zeitfreiwilligen in der frühen Weimarer Republik.

Benannt nach seinem Führer, Oberst Franz Ritter von Epp, war das Freikorps nach der Aufstellung im Frühjahr 1919 zunächst **an der Niederschlagung der Münchner Räterepublik** beteiligt. Das Freikorps war für sein rücksichtsloses Vorgehen und Erschießungen von Gefangenen und Zivilisten bekannt.

27 Als **Dachau-Massaker** wird ein wenig bekanntes Kriegsverbrechen bezeichnet, das zum Ende des Zweiten Weltkriegs bei der Befreiung des Konzentrationslagers Dachau am 29. April 1945 durch US-Soldaten an Angehörigen der SS-Wachmannschaft verübt wurde. Der Hintergrund dazu ist, dass die erobernde alliierte US-Armee kurz vor der Befreiung des KZ Dachau auf den Todeszug aus Buchenwald mit Tausenden darin vorgefundenen Leichen getroffen war, was offensichtlich unter den amerikanischen Soldaten und Offizieren spontan Wut und Rache auslöste.

28 Weil eine Gruppe von jugendlichen Straßenmusikanten am 21. Juni 1962 noch nach 22.30 Uhr spielte, riefen ein Stadtrat und Anwohner der Leopoldstraße nach einem erfolglosen Versuch, selbst für Ruhe zu sorgen, die Polizei. Bei deren Versuch, die Gruppe aufzulösen und die Musiker vorläufig festzunehmen, kam es zu Rangeleien mit Jugendlichen, und die Situation eskalierte: In der Nacht und an den folgenden vier Tagen kam es in der gesamten Umgebung der Ludwig-Maximilians-Universität (LMU) zu **Straßenschlachten zwischen bis zu 40.000 vor allem jugendlichen Protestteilnehmern und zum Teil berittenen Polizisten**. Zu den letzten Abenden waren auch Personen aus anderen Städten angereist.

29 Die **Münchner Freiheit** (bis 1998 Münchener Freiheit) ist ein Platz im Münchner Stadtviertel Schwabing östlich der Leopoldstraße. Die Münchner Freiheit liegt westlich des Englischen Gartens.

30 In der Tat wurde der **Jahrestag der Krawalle** im 50. Jahr öffentlich begangen; die Medien berichteten darüber.

31 Das ist ein **Originalzitat** des jungen Andreas Baader.

32 Mit zwanzig Jahren (1963) übersiedelte Baader von München nach West-Berlin, angeblich um eine künstlerische Ausbil-

dung zu machen. Er jobbte als Bauarbeiter und – erfolglos – als Boulevardjournalist. **Baader pflegte eine bisexuelle Aura**, schminkte sich, besuchte Schwulenclubs und posierte für kommerzielle Fotos. Der gut aussehende und charismatische Baader war auch bei Frauen beliebt, obwohl er sie oft respektlos behandelte. Von seiner zeitweiligen Lebensgefährtin wurde er als gewalttätig und provokativ beschrieben.

33 Der **Internationale Vietnamkongress** fand am 17. und 18. Februar 1968 in der TU Berlin in West-Berlin statt und war mit ungefähr 5.000 Teilnehmern und 44 Delegationen aus 14 Staaten ein wichtiges Ereignis der deutschen Studentenbewegung der 1960er-Jahre. Organisatoren der Veranstaltung waren der Sozialistische Deutsche Studentenbund (SDS) sowie die Brüsseler Konferenz, ein lockerer Zusammenschluss verschiedener linker Jugendorganisationen aus Westeuropa; als Hauptakteure galten **Rudi Dutschke** und Karl Dietrich Wolff. Das zentrale Thema des Kongresses war der Widerstand gegen den von den USA geführten Vietnamkrieg. Die Tagung endete mit einer **Solidaritätserklärung mit der vietnamesischen FNL** (»Vietcong«) und einer anschließenden Demonstration auf den Straßen Berlins mit etwa 12.000 Teilnehmern.

34 Als **Notstandsgesetze** werden Gesetze für eine Krisensituation bezeichnet, in der ein Staat oder ein Gebiet innerhalb des Staates den Notstand erklärt und nicht durch das ordentliche verfassungsmäßige Verfahren regiert werden kann. Notstandsrecht und Notstandsgesetzgebung sind umstritten und Kritiker befürchten den Missbrauch des Instruments zum Aufbau eines autokratisch regierten Staates, wie es internationale Beispiele nahelegen.

35 Der **Tschako** ist eine militärische Kopfbedeckung konischer Form, die sich gegen Ende des 18. Jahrhunderts aus der preußischen »Schackelhaube«, dem Tschako (ungarisch: *csákó)* entwicklelte. Zur Polizei kam der Tschako in Deutschland über Jägereinheiten der Armee, die im revolutionären(sic!) Berlin des Jahres 1919 Polizeiaufgaben wahrnahmen. Nach 1945 blieb der Tschako in der britischen Besatzungszone, in Berlin und der SBZ/DDR Teil der Polizeiuniform. Die West-Berliner Polizei schaffte den Tschako erst 1968 ab und in Nordrhein-

Westfalen wurde der Tschako bis Anfang der 1970er Jahre getragen.

36 Das **Finkenwerder Fischerhemd** ist ein aus grobem Baumwollstoff gefertigtes, blaues, gestreiftes Hemd. Es ist eine Variante des ehemals in Deutschland und weiten Teilen Westeuropas bekannten blauen hüftlangen Kittels, der als Bauern-, Hirten-, Fuhrmanns-, Winzer-, Küfer-, Metzger- und Handwerkerkittel (Schlosser- und Schreinerkittel) in Gebrauch war.

37 In Deutschland verstärkte sich ab Mitte der 1960er Jahre die **außerparlamentarische Opposition** (die sich selbst im Kürzel APO nannte). Ihre besonders von den Universitätsstädten ausgehenden Aktivitäten erreichten in den Jahren 1967 und 1968 ihren Höhepunkt. Die häufig in Bezugnahme auf diese Zeit ihrer Hochphase auch 68er-Bewegung genannte studentische APO wurde von dem Sozialistischen Deutschen Studentenbund (SDS), aber auch anderen Gruppen getragen. Die APO entwickelte sich aus der Opposition gegen die seit 1966 regierende große Koalition aus CDU und SPD unter Bundeskanzler Kurt Georg Kiesinger (CDU) durchgesetzte Notstandsgesetzgebung. Mangels relevanter Opposition entwickelte sich die Ansicht, durch keine der Parteien im Bundestag angemessen vertreten zu werden.

38 Der **Marsch durch die Institutionen** ist ein 1967 von **Rudi Dutschke** artikulierter Aufruf, in dem er eine langfristige politisch-strategische Perspektive der damals noch studentisch geprägten Protestbewegung anmahnte. Die Formulierung nahm auch Bezug auf den Langen Marsch von Mao Zedong. Es geht also beim Marsch durch die Institutionen eher um eine Unterwanderung der Institutionen (durch die Studenten, die dereinst dort arbeiten würden) als um eine Machtergreifung einer »Linken«.

39 Alfred Willi **Rudi Dutschke**, Rufname Rudi (* 7. März 1940 in Schönefeld bei Luckenwalde; † 24. Dezember 1979), war ein marxistischer Soziologe und politischer Aktivist. Er gilt als Wortführer der Studentenbewegung der 1960er Jahre in West-Berlin und in Westdeutschland. Bei einem **Attentat** auf ihn im April 1968 erlitt er schwere Hirnverletzungen, an deren **Spätfolgen er 1979 starb**. Während seiner Genesung be-

suchte ihn im August 1968 Ulrike Meinhof. Dutschke zeigte ihr sein neues Buch und erlaubte ihr, Auszüge daraus in der Zeitschrift Konkret zu veröffentlichen, für die sie damals noch arbeitete. Im Vorwort zu seinem Buch entlastete er seinen Attentäter.

40   Als **Jubelperser** (auch Prügelperser) wurde eine Gruppe von rund 150 iranischen Staatsbürgern bezeichnet, die den **Staatsbesuch des Schahs Mohammad Reza Pahlavi** und seiner Frau Farah Pahlavi am 2. Juni 1967 in West-Berlin begleiteten. Die Gruppe bestand aus **Mitarbeitern des iranischen Geheimdienstes** SAVAK und von diesem angeheuerten Landsleuten, die als Pro-Schah-Demonstranten auftraten und mit Duldung und unter den Augen der Berliner Polizei mit großer Gewalt gegen friedliche Gegendemonstranten vorgingen.

41   Benno Paul Johann **Ohnesorg** (* 15. Oktober 1940; † 2. Juni 1967) war ein Student und Teilnehmer an der Demonstration am 2. Juni 1967 in West-Berlin gegen den Staatsbesuch von Schah Mohammad Reza Pahlavi. Dabei erschoss der West-Berliner **Polizist** Karl-Heinz Kurras den 26-Jährigen mit einem Pistolenschuss aus kurzer Distanz in den Hinterkopf. Kurras wurde mithilfe von Falschaussagen und **erheblichen polizeilichen Manipulationen in zwei Gerichtsverfahren freigesprochen**. Nachdem 2009 seine Tätigkeit als Geheimer Mitarbeiter der DDR-Staatssicherheit bekannt geworden war, wurde nochmals gegen ihn ermittelt, eine neue Anklage blieb allerdings aus.

42   **Gudrun Ensslin** (* 15. August 1940; † 18. Oktober 1977) war Terroristin und Mitbegründerin der Rote Armee Fraktion und Freundin von Andreas B. Sie galt als eines der führenden Mitglieder der Gruppe und war beteiligt an fünf Bombenanschlägen. Sie wurde 1972 verhaftet und wegen vierfachen Mordes 1977 zu lebenslanger Freiheitsstrafe verurteilt. Am 18. Oktober 1977 starb sie im Gefängnis von Stuttgart-Stammheim durch Suizid.

43   Am 2. April 1968 legte Baader gemeinsam mit Gundrun Ensslin, Thorwald Proll und Horst Söhnlein Brandsätze in Frankfurter Kaufhäusern. Die **Brandstiftung**en verursachten einen Schaden von knapp 675.000 DM. Menschen wurden nicht

verletzt. Baader und seine Komplizen wurden im nachfolgenden Prozess am 31. Oktober 1968 zu je drei Jahren Zuchthaus verurteilt.

44   Die gewaltsame Befreiung von Andreas B. aus der Haft am 14. Mai 1970 in Berlin, zu der er wegen seiner Teilnahme an den **Kaufhaus-Brandstiftungen** in Frankfurt verurteilt worden war, durch Ulrike Meinhof und andere gilt als Geburtsstunde der RAF.

45   **Horst** Werner Dieter **Mahler** (* 23. Januar 1936) ist ein ehemaliger Rechtsanwalt, Linksterrorist und heutiger Neonazi, Antisemit und Holocaustleugner. Mahler war zeitweilig Mitglied einer schlagenden Studentenverbindung, Mitglied der SPD und des Sozialistischen Deutschen Studentenbundes (SDS). Als Mitbegründer des Sozialistischen Anwaltskollektivs vertrat er viele Aktivisten der Studentenbewegung, darunter auch spätere Mitglieder der Rote Armee Fraktion (RAF), zu deren Gründern er 1970 selbst zählte. Er wurde verhaftet und zu 14 Jahren Freiheitsstrafe u. a. wegen Bankraubs verurteilt. 1975 lehnte er überraschend seine Freilassung im Austausch gegen den entführten CDU-Politiker Peter Lorenz ab. 1980 wurde Mahler zur Bewährung entlassen und 1987 wieder als Anwalt zugelassen. Seit Ende der 1990er Jahre bewegt sich Mahler wieder im rechtsextremen Milieu. Er war zeitweise Mitglied der NPD und vertrat die Partei auch in deren erstem Verbotsverfahren. Am 14. Dezember 2003 veröffentlichte er die Verkündigung der Reichsbürgerbewegung. Wegen verschiedener Delikte, darunter Volksverhetzung (Holocaustleugnung, antisemitische und neonazistische Äußerungen), wurde er zu weiteren Geld- und Freiheitsstrafen verurteilt. Mahler wurde am 27. Oktober 2020 aus der Haft entlassen.

46   **Peter Urbach** (* 2. Mai 1941 in Posen; † 3. Mai 2011 in Kalifornien, USA), war ein Aktivist der linken Szene, V-Mann des Berliner Verfassungsschutzes und *Agent Provocateur* in den späten 1960er Jahren. Urbach war gelernter Rohrleger und gab sich in der linken Studentenszene der 1960er Jahre als hilfsbereiter Handwerker aus und führte Arbeiten in Wohngemeinschaften wie der Kommune I durch. Auf diese Weise verschaffte er sich das Vertrauen von führenden Mitgliedern der Studentenbewegung. Urbach spielte eine

Rolle als ungefragter Anbieter und Verteiler von Waffen an Personen der linken Szene: Er lieferte nachweislich Molotow-Cocktails, mindestens eine Schusswaffe sowie Spreng- und Brandbomben. Angebote und aktive Vorbereitungen für die Beschaffung von größeren Mengen an Schusswaffen sind dokumentiert. Zu den Abnehmern seiner Lieferungen zählten bekannte Mitglieder der Rote Armee Fraktion (RAF) und Bewegung 2. Juni. Urbach gab 1970 den entscheidenden Hinweis für die erste Verhaftung von Baader und sagte 1971 als V-Mann in einem Prozess gegen Mahler aus, wodurch seine Tätigkeit für den Verfassungsschutz allgemein bekannt wurde. Daraufhin besorgte ihm der Verfassungsschutz eine neue Identität. Urbach ging außer Landes. Historiker bezeichnen das Verschwindenlassen Urbachs durch den Verfassungsschutz als »vielleicht größten Skandal seiner Art in der Geschichte der alten Bundesrepublik«. Hinzukommend sei angemerkt, dass die Landesbehörde für Verfassungsschutz im Jahr 2000 aufgelöst wurde und die Unterlagen, die mehr Licht auf das Geschehen jener Jahre werfen könnten, jetzt als unauffindbar gelten.

47 Die erste Generation der Baader-Meinhof-Gruppe zog sich im Dezember 1970 für einige Tage in ein **leerstehendes Sanatorium in Bad Kissingen** zurück. Die Fahndungsplakate nach RAF-Terroristen hingen früher in jedem öffentlichen Gebäude, Sparkassen und jeder Postfiliale.

48 **Kōzō Okamoto** (* 7. Dezember 1947) ist ein japanischer Terrorist. Er nahm am 30. Mai 1972 an einem gemeinsamen Anschlag der Japanischen Roten Armee und der Volksfront zur Befreiung Palästinas auf den Flughafen Lod in Tel Aviv teil. Bei dem Anschlag schossen drei japanische Studenten mit Maschinenpistolen in die Menge und warfen Handgranaten. Sie töteten 26 Zivilisten und verwundeten Dutzende. Okamoto war der einzige der Gruppe, der überlebte. Ein israelisches Gericht verurteilte ihn zu lebenslanger Haft.

49 **Fidel** Alejandro **Castro** Ruz (* 13. August 1926/1927, † 25. November 2016) war ein kubanischer Revolutionär und Politiker. Er war Regierungschef und **Staatspräsident Kubas** sowie erster Sekretär des Zentralkomitees der Kommunistischen Partei Kubas. Castro war mit der Bewegung

des 26. Juli die treibende Kraft der kubanischen Revolution, die am Jahresende 1958 zum Sturz des Diktators Batista führte. Als Staats- und Regierungschef Kubas prägte er 49 Jahre lang die Entwicklung seines Landes. Politisch war Castros Rolle umstritten. Von den einen wegen der Durchsetzung eines Einparteiensystems und als Verantwortlicher für diverse Menschenrechtsverletzungen gehasst und gefürchtet, von den anderen verehrt und bewundert als Befreier Kubas. Als innen-, sozial- und kulturpolitische Leistungen werden vor allem Castros Kampf gegen die verbreitete Armut und den Analphabetismus im Land hervorgehoben, so beispielsweise die Einführung eines unentgeltlichen schulischen Bildungs- und medizinischen Grundversorgungssystems für alle.

50 Der als Volkswagen im Wortsinne geplante **KdF-Wagen** war ein wichtiges Projekt der NS-Organisation **»Kraft durch Freude«** (KdF). Das Automobil sollte mit 990 Reichsmark für jedermann erschwinglich sein und gilt technisch als Vorläufer des VW-Käfers, der bis in die 1990er Jahr in verschiedenen Versionen gebaut wurde.

51 Text von Erich Maria Remarque (»Schweigen um Verdun«) zitiert aus DER SPIEGEL 8/1993.
https://www.spiegel.de/kultur/schweigen-um-verdun-a-d410c276-0002-0001-0000-000009275369, besucht am 14. August 2921.

52 Am 28. April 1977 wurde **Baader** nach fast zweijähriger Gerichtsverhandlung mit 192 Verhandlungstagen im Stammheim-Prozess wegen vierfachen Mordes und 54-fachen Mordversuches **zu lebenslanger Freiheitsstrafe verurteilt**. Seine Anwälte legten Revision gegen das Urteil ein, sodass es bis zu seinem Tod nicht rechtskräftig wurde.

53 Die **Rote Armee Fraktion (RAF)** war eine linksextremistische terroristische Vereinigung in der Bundesrepublik Deutschland. Sie war verantwortlich für 33 oder 34 Morde an Führungskräften aus Politik, Wirtschaft und Verwaltung, deren Fahrern, an Polizisten, Zollbeamten und amerikanischen Soldaten sowie für die Schleyer-Entführung, mehrere Geiselnahmen, Banküberfälle und Sprengstoffattentate mit über 200 Verletzten.

54 Zitat: Meinhof, U., 1972

55 Hanns Martin **Schleyer** war ein deutscher Manager und **Wirtschaftsfunktionär.** Zur Zeit des Nationalsozialismus erreichte Schleyer den Offiziersrang eines SS-Hauptsturmführers. Von 1973 bis 1977 war er deutscher Arbeitgeberpräsident und seit 1977 Vorsitzender des Bundesverbandes der Deutschen Industrie.

56 In der Nacht zum 18. Oktober 1977 wurde das **entführte Flugzeug in Mogadischu** von der deutschen Spezialeinheit GSG-9 gestürmt und es gelang der Einheit alle Geiseln au befreien. Diese Einheit wurde nach den Ereignissen in München, 1972, als Anti-Terror Gruppe gegründet und ausgebildet. Die inhaftierten Terroristen erfuhren davon und starben noch in derselben Nacht durch Suizid in ihren Zellen.

57 **Apostel Andreas**, der nach der Legende an einem X-Kreuz als Märtyrer gestorben ist, war einer der ersten Christen. Gemeinsam mit Jesus soll er durchs Land gezogen sein, um den christlichen Glauben zu verbreiten. Den damaligen Herrschern hat das nicht gepasst, und so haben sie viele Christen als Martyrer gekreuzigt, darunter Andreas.

58 Die **Spartakisten** betrachteten den damaligen Revolutionsverlauf lediglich als Revolte, der die eigentliche, sozialistische Revolution unter der Parole »Alle Macht den Räten« erst noch folgen müsse.

59 1917, **Oktoberrevolution**: Um den **Winterpalast,** Hauptresidenz der russischen **Zaren** in Sankt Petersburg, wo die Reste der provisorischen Regierung tagten, gab es Schusswechsel. Auch der Kreuzer Aurora gab Schüsse ab, ohne das Gebäude nachhaltig zu beschädigen. Als im Laufe der Nacht deutlich wurde, dass mit Widerstand nicht mehr zu rechnen war, besetzten Angehörige des MRK den Winterpalast, den sie durch das unverschlossene Haupttor betraten. Sie nahmen die versammelten Minister fest, später wurden sie wieder freigelassen, nachdem sie eine Erklärung unterschrieben hatten, dass sie sich aus der Politik zurückziehen würden.

60 Insgesamt dürfte es den **Studentenverbindungen** schwerfallen, an die Zeiten »alter Burschenherrlichkeit« (Liedtext) –

die, in der Selbstwahrnehmung, vom Kaiserreich bis in die Ära Adenauer reichten – anzuknüpfen. Denn die mit dem Untertanengeist der korporierten Blütezeit eng verwobenen Ideale sind weder mit den gesellschaftlich-kulturellen Öffnungen seit 1968, noch mit modernen Unternehmens- bzw. Managementstrategien und globalen Orientierungen kompatibel.